चांदनी

राज ऋषि शर्मा

Copyright © Raj Rishi Sharma
All Rights Reserved.

This book has been published with all efforts taken to make the material error-free after the consent of the author. However, the author and the publisher do not assume and hereby disclaim any liability to any party for any loss, damage, or disruption caused by errors or omissions, whether such errors or omissions result from negligence, accident, or any other cause.

While every effort has been made to avoid any mistake or omission, this publication is being sold on the condition and understanding that neither the author nor the publishers or printers would be liable in any manner to any person by reason of any mistake or omission in this publication or for any action taken or omitted to be taken or advice rendered or accepted on the basis of this work. For any defect in printing or binding the publishers will be liable only to replace the defective copy by another copy of this work then available.

क्रम-सूची

1

चांदनी (लघु उपन्यास)

राज ऋषि शर्मा

राजर्षि प्रकाशन,

नागवनी रोड, जम्मू।

2

राज ऋषि शर्मा

3

चांदनी

(1)

मेरी जम्मू से पूना तक की यात्रा थी। जम्मू से जाने वाली रेलगाड़ी में भीड़ तो बहुत अधिक थी। जाना भी मेरा बहुत आवश्यक था। कठिनाई से ही अंतिम क्षणों में ही टिकट का आरक्षण हो सका था। इस पर मैंने भगवान को धन्यवाद दिया था और चल कर रेलगाड़ी में बैठ गया। मैं पूना अकेला ही जा रहा था। उन दिनों मेरी बैंक में नौकरी लगी हुई थी और मैं ट्रेनिंग के सिलसिले में ही एक सप्ताह के लिए वहां के ट्रेनिंग कॉलेज में जा रहा था। दो दिन और एक रात का सफर था। समय बहुत था। इसके लिए मैंने एक दो उपन्यास तथा कुछ पत्रिकाएँ भी साथ में रख ली थीं। किन्तु जैसा कि आरम्भ में होता ही है कि साथ चल रहे यात्रियों का आपस में परिचय हो जाता है। रहने का, घर परिवार का और फिर जो हम ख्याल होते हैं उनका आपस में बातों का एक लंबा सिलसिला चल पड़ता है। जिससे कि सफर आसानी से कट जाता है। वैसा ही हम सभी एक साथ बैठे हुए यात्रियों में भी आपस में परिचय हो गया था।

मेरे साथ तीन अन्य सहयात्री थे। इनमें से एक सहयात्री थे डॉक्टर त्रिपाठी तथा दूसरे डॉक्टर सूदन। डॉक्टर सूदन अस्थि रोग विशेषज्ञ थे एवं डॉक्टर त्रिपाठी त्वचा रोग के विशेषज्ञ थे। डॉक्टर त्रिपाठी के साथ उनकी एक सत्रह अठारह वर्ष की बेटी भी थी। जिसका नाम शीतल था। वह बहुत ही प्यारी व खूबसूरत लड़की थी। उस के किसी विश्वविद्यालय

में प्रवेश के सम्बन्ध में ही डॉक्टर त्रिपाठी उसको साथ लेकर पूना जा रहे थे। जब हम सभी का आपस में परिचय हो गया तो सभी ही बहुत प्रसन्न हुए। एक तो सभी ही अच्छे पढ़े लिखे सभ्य थे तथा दूसरा सभी एक ही भाषा बोलने वाले तथा जम्मू के ही रहने वाले थे। स्वाभाविक रूप से ही हमारे मध्य बातों का सिलसिला चल निकला। यही कारण था कि जब हम में एक बार बातों का सिलसिला चल पड़ा तो फिर यात्रा बहुत ही सरल व आनंदमयी हो गयी।

इस सब से हम सब को बहुत ही अच्छा लग रहा था। विशेषता उन सभी में एक बात समान थी कि सभी ज़िंदा दिल थे। किसी के भी चेहरे पर किसी भी प्रकार का दुख या चिन्ता का भाव नहीं था।

यहाँ तक कि डॉक्टर त्रिपाठी के साथ जा रही उनकी बेटी भी बहुत ही विनोद प्रिय व चंचल प्रकृति की थी। सब ही हँसते हुए खुल कर गप्पें लगाने लगे थे। किन्तु ऐसे में उस के स्वभाव का क्या किया जाए जो कि मेरी ही भांति कुछ गंभीर प्रकृति का हो। उन सब में एक मैं ही कुछ गंभीर प्रकृति का था। मैं उन सब के साथ सम्मिलित तो था, किन्तु स्वाभाविकता और कृत्रिमता में अंतर तो स्पष्टतया दृष्टिगोचर हो ही जाता है। मैं उन सब में सम्मिलित हो कर उन सब का साथ तो दे रहा था, किन्तु इसमें कृत्रिमता स्पष्ट रूप से दृष्टिगोचर हो रही थी। यहां तक कि स्वयं अपने आप पर ही मुझे एक प्रकार की झेंप सी महसूस हो रही थी। उन्होंने मेरी इस अवस्था को भाँप लिया होगा या नहीं, यह तो मैं नहीं कह सकता, किन्तु इतना अवश्य ही कह सकता हूँ कि उन्होंने मुझे इस बात का किंचित मात्र भी आभास नहीं होने दिया।

समय व्यतीत होते पता ही नहीं चला। कुछ ही देर में रेलगाड़ी पठानकोट भी पहुंच चुकी थी। यहां रेलगाड़ी का कुछ अधिक ही देर का पड़ाव होता है। इस का कारण था कि उन दिनों रेलगाड़ी का इंजन पीछे की ओर लगाया जाता था। जिस कारण कई बार तो ऐसा भी प्रतीत होता था कि शायद रेलगाड़ी वापस पीछे की ओर ही जा रही है। इस कारण से यहां पर रेलगाड़ी का बहुत देर का पढाव था। इसलिए रेलगाड़ी के रुकने पर और यात्रियों व सामान बेचने वालों के कोलाहल से कुछ ऊब सी भी महसूस होने लगती थी। अभी थोड़ी ही देर हुई थी कि वहीं से ही

डाक्टर त्रिपाठी के दो अन्य परिचित लड़के भी आ कर उन में शामिल हो गए। जिनका शायद पहले से ही यहां से ही बैठने का कार्यक्रम था। कहा जाए तो इन के आ जाने से हमारी यात्रा अब पहले से भी अधिक प्रिय व मनोरंजक बन गई थी।

तभी एक चाय वाला वहाँ पर चाय लेकर आ गया। मेरा चाय पीने का मन नहीं था। इसलिए मैंने चाय नहीं ली। किन्तु अब दूसरे सहयात्रियों के कहने पर साथ देने के लिए ही सही, मुझे भी चाय लेनी पड़ी। साथ में ही उन के कहने पर मुझे बिस्कुट तथा नमकीन में भी उनका साथ देना पड़ा। मुझे झिझक व संस्कार वश यह सब अच्छा तो नहीं लग रहा था, किन्तु शिष्टाचारवश मैं मना भी नहीं कर सका।

इसी प्रकार समय व्यतीत होता जा रहा था। पठानकोट से हमारे साथ सम्मिलित हुए मेरे सहयात्रियों के परिचित ओर भी हंसमुख व विनोदप्रिय थे। उनके साथ बातें करना भी बहुत ही अच्छा लग रहा था। समय व्यतीत करने के लिए ऐसा ही साथ तो चाहिए भी होता है। वैसे उन्हें अधिक दूर तक तो नहीं जाना था किन्तु फिर भी उनका साथ बहुत ही अच्छा लग रहा था।

इसी मध्य मुझे रेलगाड़ी के टॉयलेट में जाने की आवश्यकता प्रतीत हुई। मैं उन से अनुमति लेते हुए उठ कर टॉयलेट की ओर चला गया। टॉयलेट से जब मैं वापस आ रहा था तो आते समय मैंने डिब्बे के एक भाग में बहुत से साधुओं को आमने सामने कुछ सीटों पर बैठे हुए बातें करते देखा। वो सभी आपस में बातचीत में व्यस्त थे। सभी की अपनी ही दुनिया थी। वैसे भी आमतौर पर ऐसा होता भी है। समान विचारधारा के लोगों की अपनी ही सोच व अपनी एक भिन्न ही दुनिया होती है। कुछ देर मैं भी उनके साथ ही बैठ कर उनकी बातें सुनने लगा। इधर उधर की बातें करते करते कब कितना समय व्यतीत हो गया कुछ पता ही नहीं चला।

फिर जब मैं वापस अपने केबिन में आया तो वहाँ मेरी प्रतीक्षा हो रही थी। चिन्तित भी थे। वो सोच रहे थे कि मैं न जाने कहाँ चला गया हूँ। आते ही डॉक्टर त्रिपाठी ने पूछा कि मैं कहाँ चला गया था तो मेरे यह बताने पर कि मैं साधुओं के पास बैठ गया था और उनसे उनकी बातें सुन रहा था तो वो मुस्कुरा दिए। डॉक्टर सूदन कहने लगे- "अभी तुम्हारी

आयु नहीं है बैराग लेने की। खूब खाओ पीओ और मज़े करो। जीवन का आनंद लो। जीवन जीने के लिए है। घर बार त्यागने या साधु संन्यासी बनने के लिए नहीं।" उनकी बात सुन कर मैं भी मुस्कुरा दिया।

कुछ देर तक इधर उधर की बातें होती रहीं। थोड़ी ही देर में रेलगाड़ी देहली पहुँच गई थी। पठानकोट से चढ़ने वाले दोनों लड़कों को यहीं उतरना था। उनके उतरने के पश्चात फिर डिब्बे में थोड़ी देर के लिए सन्नाटा सा छा गया। उन दोनों की कमी महसूस होने लगी। उनके साथ समय व्यतीत होते पता ही नहीं चला था। किन्तु क्या किया जाए? यात्रा समाप्त हो जाए तो जाने वाले यात्री को तो जाना ही होता है। फिर उसे कौन रोक सकता है।

थोड़ी देर रुकने के पश्चात रेलगाड़ी फिर अपनी निश्चित गति से चल पड़ी। इतनी देर में शाम ओर भी अधिक गहरी हो गई थी। रात का आगमन होने ही वाला था। तभी डॉक्टर त्रिपाठी की बेटी ने मुझे ऊपर वाली बर्थ पर सोने के लिए संकेत किया। उसने न जाने क्या सोच कर इशारे में ही कहा कि मैं इस तरफ सो जाऊँगी। आप दूसरी ओर सो जाना। मैंने उसका संकेत समझ लिया। वैसे भी मैं यही चाहता था। रेलगाड़ी में मुझे ऊपर की बर्थ पर सोना ही अच्छा भी लगता है। मेरी तो मन की इच्छा ही पूरी हुई थी। जैसे ही सोने का समय आया तो हम अपनी अपनी बर्थ पर सोने के लिए चले गए। कुछ ही देर में खाना सर्व करने वाला भी आ गया। हम सभी ने अपनी अपनी रूचि के अनुसार उसे खाने का ऑर्डर पहले से ही दे दिया था। इसलिए जैसे ही खाना आया तो खाना खाने के बाद हम सब ने सोने की तैयारी करना आरम्भ कर ली तथा अपनी अपनी बर्थ पर सोने के लिए चले गए।

खाना खाने के पश्चात वैसे भी मनुष्य पर नींद का प्रभाव होने ही लगता है। उस पर गाड़ी में एयर कंडीशनर की ठंडी ठंडी हवा तथा धीमे धीमे हवा के झोंके भी शीघ्र ही सुलाने का काम करते हैं। मैंने अपनी बर्थ पर से नीचे देखा तो डॉक्टर त्रिपाठी तथा डॉक्टर सूदन दोनों ही सो चुके थे। सारे डिब्बे में एक प्रकार का सन्नाटा सा ही व्याप्त था। बस रेलगाड़ी के चलने की और पटरी पर उसके पहियों की आवाज़ ही सुनाई दे रही थी। मेरी दृष्टि जैसे ही मेरे सामने वाली बर्थ पर सो रही डॉक्टर त्रिपाठी की

बेटी शीतल पर पड़ी तो मैंने देखा कि वो भी दूसरी ओर मुंह कर के सो रही थी। शायद उसे शीघ्र सोने की आदत थी या फिर खाने के पश्चात उस पर नींद का प्रभाव कुछ शीघ्र ही पड़ गया था। किन्तु मुझे शीघ्र सोने की आदत नहीं थी।

इस लिए मैं एक उपन्यास निकाल कर उसे पढ़ने का प्रयास करने लगा। किन्तु मन नहीं लगा। फिर मैंने उपन्यास रख कर एक पत्रिका निकाली। उसे पढ़ने का प्रयास किया किन्तु उस में भी मन नहीं लगा। तब मैंने दूसरी ओर सर घूमा लिया और सोने का प्रयास करने लगा। इसमें मुझे शीघ्र ही सफलता मिल गई और मैं सो गया। नींद गहरी थी। शायद इस कारण ही सो जाने के तुरंत बाद ही मैं स्वप्न लोक में चला गया।

फिर इसके पश्चात इतनी शीघ्र रात व्यतीत हुई कि कुछ पता ही नहीं चला। जैसे ही मेरी आँख खुली तो मैंने देखा कि अभी तो सभी सोए हुए ही थे। मेरी कुछ शीघ्र ही उठने की आदत है। शायद यही कारण था कि मेरी इतनी शीघ्र नींद खुल गयी थी। जब मैंने देखा कि अभी तो सभी सो रहे हैं तो मैं भी फिर से सो जाने का प्रयास करने लगा। किन्तु एक बार जाग जाने के पश्चात फिर सरलता से नींद नहीं आती। बीच बीच नींद के धीमे धीमे झोंके अवश्य ही लगते रहे। किन्तु ठीक से सो नहीं सका।

थोड़ी देर में मैंने एक दो यात्री को अलसाये हुए ही जब टॉयलेट की ओर जाते हुए देखा तो मैं भी उठ कर निवृत होने के विचार से अपनी बर्थ से नीचे उतर आया और टॉयलेट की ओर चला गया। फिर जैसे ही मैं वहाँ से निवृत हो कर वापस आया तो अभी सुबह होने में बहुत देर थी। तब मैं अपनी बर्थ पर लेट कर ही पढ़ने की कोशिश करने लगा किन्तु मेरा यह प्रयास फिर विफल रहा। फिर ऐसे लेटे लेटे ही, कल की यात्रा के घटनाक्रम तथा रात के व्यतीत हुए समय के विषय में सोचने लगा।

4

(2)

मुझे रात के स्वप्न का स्मरण हो आया। रात को सोने के पश्चात स्वप्न में ही मैं बच्चों की एक बहुत ही सुन्दर सी फुलवाड़ी में जा पहुँचा था। यहां बहुत से बच्चे थे। सभी आपस में तरह तरह के खेल खेल रहे थे। पकड़ा पकड़ी, आँख मिचौली। कुछ तितलियाँ पकड़ रहे थे तो कुछ ऐसे ही दौड़ लगा रहे थे। मुझे देखते ही वो दौड़ कर मेरे पास आ गए। वो सभी मुझे घेर कर खड़े हो गए तथा अपने साथ खेलने के लिए कहने लगे-"अंकल अंकल ! आप हमारे साथ खेलो न प्लीज़ !"

मन बच्चों की बाल सुलभ क्रीड़ाएं देख कर बहुत प्रभावित था। उन्हें देख कर प्रसन्नता भी बहुत हो रही थी। यह सब देख कर मैं उनके बाल हठ जैसे आग्रह पर इंकार न कर सका। मैंने उनके प्रेममय आग्रह को तुरंत ही स्वीकार कर लिया तथा उनके साथ चल कर उनकी क्रीड़ा में सम्मिलित हो गया और जैसा वो सब चाहते थे वैसे ही उनके साथ खेलने लगा। यदि सच कहा जाए तो मुझे उनके साथ खेलना बहुत ही अच्छा लग रहा था। बहुत ही आनंद आ रहा था उनके साथ खेलने में। उनके साथ खेलते खेलते मुझे भी अपना बचपन याद आने लगा था।

फिर उनके साथ साथ खेलते हुए मुझे कितना समय व्यतीत हो गया इसका पता ही नहीं चल सका। पता तो मुझे तब चला जब ट्रेन के सायरन की आवाज़ के साथ ही मेरी नींद खुल गई और मुझे अपने आप को ट्रेन के एक डिब्बे में उसकी ऊपर की बर्थ पर सोए होने का आभास हुआ।

ऐसा महसूस होते ही मैंने फिर से कुछ क्षण के लिए अपनी आँखों को मूंद लिया और कल के घटनाक्रम के विषय में सोचने लगा। कल से लेकर अब तक, मेरे सामने जीवन के तीन अलग अलग पहलू की अभिव्यक्ति थी। एक साधु तथा संन्यासी का जीवन। जीवन से पलायन करता हुआ। सत्य से व अपने कर्तव्य बोध से विमुख होकर जीवन से भागता हुआ। दूसरा अपने जीवन में सभी कर्तव्यों का निर्वहन करता हुआ। अपने गृहस्थ जीवन में पूर्ण तारतम्य स्थापित करते हुए, हर प्रकार की परिस्थितियों का सामना करते, बिना विचलित हुए, आनंद पूर्ण जीवन जी रहा। इसके पश्चात जो एक अन्य पहलू था, जीवन का तीसरा पहलू, वो था अपने साथ हर उमंग व चाहत को साथ लिए हुए बचपन का उच्छृंखल तथा एक स्वतंत्र सा जीवन यापन।

किसी को किसी से किसी भी प्रकार का कोई भी राग-द्वेष या ईर्ष्या द्वेष नही।

थोड़ी ही देर के पश्चात नाश्ते के लिए आर्डर लेने के लिए एक आदमी आ गया। हम सब ने अपनी अपनी रुचि का नाश्ता लाने के लिए उसे बता दिया तथा फिर दैनिक नित्यक्रम से निवृत होने में व्यस्त हो गए। अब तो हम सभी के लिए समय ही समय था।

कुछ ही देर पश्चात जब नाश्ता आ गया तो हम सब ने मिलकर नाश्ता किया तथा अपनी अपनी रूचि के अनुसार अपने अपने कार्य में व्यस्त हो गए। किसी ने समाचार पत्र ले लिया तथा किसी ने कोई उपन्यास ले लिया तथा कोई चल रही रेलगाड़ी की खिड़की से बाहर के दृश्य देखने में ही व्यस्त हो गया। वैसे भी अब बातें भी कितनी ही करते। बातों का ख़ज़ाना भी तो लगभग कल का ही समाप्त हो चुका था। बस कभी कभार इधर उधर की इक्का दुक्का बातें ही होती रहीं।

मैंने भी एक पुस्तक निकाल ली तथा उसे पढ़ने में तल्लीन हो गया। जैसे ही मैंने पुस्तक पढ़ना शुरू किया तो डॉक्टर त्रिपाठी की बेटी की दृष्टि उस पुस्तक पर पड गई। उसे देखते ही उसने तपाक से मुझ से वह पुस्तक मांग ली- "कैसी पुस्तक है यह?"

"अभी तक तो मैंने आधी ही पढ़ी है। बहुत ही अच्छी तथा रुचि कर है। जैसा पुस्तक का नाम है वैसा ही लेखक ने इसमें सपनों के विषय में

बहुत ही विस्तार पूर्वक लिखा भी है। 'सपनों की दुनिया।'

"मेरी भी सपनों के विषय में जानने की बहुत ही रूचि रही है। बचपन से मुझे बहुत ही कौतुहल रहा है कि सपने क्या होते हैं? यह हमें कैसे आते हैं? क्यों आते हैं? इनके आने का क्या कारण होता है? क्या हम अपनी इच्छा से भी स्वप्न देख सकते हैं?"अपनी रुचि प्रकट करते हुए उसने कहा- "क्या यह पुस्तक थोड़ी देर के लिए मुझे दिखाएँगे आप?"

"हाँ हाँ क्यों नहीं। आप देखिए। इसमें लेखक ने इस विषय की किस प्रकार से विश्लेषणात्मक व्याख्या की हुई है। कोई भी पहलू ऐसा नहीं है जिस का कि लेखक ने इसमें उत्तर न दिया हो। मुझे तो यह पुस्तक बहुत ही अच्छी लगी।" मैंने उसके हाथ में पुस्तक देते हुए कहा।

"वास्तव में ही पुस्तक की साज सज्जा भी बहुत ही आकर्षक है।" पुस्तक के पृष्ठ उलट-पलट करते हुए उसने कहा।

"यह लेखक है ही बहुत अच्छा। इसने जितनी भी पुस्तकें लिखी हुई हैं, सभी ही एक से बढ़ कर एक पढ़ने योग्य हैं।" मैंने उसकी बात से सहमत होते हुए कहा।

"अच्छा ! यह पुस्तक तो मैं अवश्य ही पढूंगी। आपने कहाँ से ली थी? मैं भी इसे लेना चाहती हूं। मेरी भी सपनों में बहुत रुचि है।" उसने पुस्तक में अत्यधिक रुचि लेते हुए पूछा।

"मैंने तो यह पुस्तक 'अमेज़न' से ली थी। वैसे यह 'अमेज़न' के अतिरिक्त 'फ्लिपकार्ट' तथा 'गूगल प्लेस्टोर' पर भी उपलब्ध है।" मैंने उसकी बात का उत्तर देते हुए कहा।

मेरे पास इसक लेखक की लगभग सभी पुस्तकें हैं घर में। साथ यही एक लाया था। असल में यह अभी मुझे दो दिन पहले ही 'अमेज़न' से प्राप्त हुई थी।" मैंने उस की पुस्तकों में रुचि देखते हुए उसे कुछ अतिरिक्त जानकारी देनी चाही।

शीतल भी मेरी बातों में पर्याप्त रुचि ले रही थी। उसने भी सहमति में अपनी गर्दन हिला दी- "ओर कौन कौन सी पुस्तक है इस लेखक की?" शीतल ने पूछा।

"इसकी एक अन्य पुस्तक 'अदृश्य लोक' भी है। जिसमें एक अनछुए पहलू पर विश्लेषणात्मक अध्ययन तथा चर्चा की गई है। इसी प्रकार से

'पल भर की छांव' एक लोक परलोक पर आधारित जम्मू राज्य की ही पृष्ठभूमि पर लिखा अत्यंत मार्मिक तथा रोमांटिक उपन्यास है। लेखक की सबसे बड़ी विशेषता यह है कि इसने हर बार अपनी नई पुस्तक में पूर्णतया नवीनतम विषय को ही लिया होता है। जिससे कि इस की किसी भी पुस्तक को पढ़ने के प्रति रूचि व जिज्ञासा बनी रहती है। लगभग सभी पुस्तकें पूर्णतया ही भिन्न भिन्न विषयों पर लिखी हुई हैं।

इसीकी एक अन्य प्रेरणात्मक पुस्तक है 'सफल जीवन'। यह बहुत ही प्रभावशाली पुस्तक है। इसने तो मेरे जीवन पर इस प्रकार से प्रभाव डाला कि मेरा तो लगभग सारा जीवन ही परिवर्तित हो गया।" मैंने उसे कुछ अधिक जानकारी देते हुए कहा।

शीतल पूर्णतया ध्यान से मेरी बातें सुन रही थी। वास्तव में मेरी सोच भी कुछ कुछ इस लेखक जैसी ही है। संभवत इस कारण से ही मुझे इसका लेखन बहुत ही प्रिय है।

मेरी आरम्भ से ही कथा कहानियों में बहुत ही अधिक रुचि थी। शायद इसी कारण से ही मैंने भी कहानियां लिखने का प्रयास आरम्भ कर दिया था। हालांकि मेरी पहली ही कहानी प्रकाशित भी हो गई। इसके पश्चात मेरी कुछ ओर भी रचनाएँ प्रकाशित तथा आकाशवाणी द्वारा प्रसारित भी हुईं। लेकिन किन्हीं कारणों से मैं आगे नहीं लिख सका।" मेरा इतना बताने। पर उसने एक बार चेहरा उठा कर मेरी ओर देखा और मुस्कुरा दी।

उसका इस प्रकार का ध्यान से मेरी बातें सुनना, एक लिए पर्याप्त प्रोत्साहन ही था। मैंने भी उत्साहित हो कर उसे आगे बताना शुरू किया- "मेरी नौकरी भी कुछ इस प्रकार की थी कि इसमें मुझे बिलकुल भी समय नहीं मिल पाता।"

"फिर भी यदि आपकी इस में रूचि भी थी और आप लिख भी सकते थे तो आपको इसे यूँ ही नहीं छोड़ देना चाहिए था। इस के लिए भी समय निकालना ही चाहिए- "शीतल ने मुझ से एक तरह से आग्रह पूर्वक कहा।

"आप पूर्णतया सही कह रही हैं। मेरा मन अब भी कुलबुलाता है, लेकिन समस्या समय की है। मेरी जॉब ही कुछ इस प्रकार की है कि समय बिल्कुल ही नहीं मिल पाता।" मैंने एक प्रकार का स्पष्टीकरण देते

हुए कहा।

इतनी देर में कोई स्टेशन आ गया था शायद। बातों बातों में समय कब और कैसे व्यतीत हो जाता है इसका पता ही नहीं चल पाता। बारह बजे के करीब का समय हो रहा था। हम सब ने दोपहर के खाने का ऑर्डर भी दे दिया गया था।

इस समय तक यात्रा के कारण थोड़ी नींद भी महसूस हो रही थी। शीतल ने पुस्तक बंद कर मुझे देते हुए कहा- "अभी मुझे नींद आ रही है। थोड़ी देर सो लेना चाहती हूँ। उसके बाद थोड़ा सा फिर पढ़ूंगी। पुस्तक वास्तव में ही बहुत रुचि कर है। यदि यह पुणे में किसी दुकान पर उपलब्ध न हो सकी तो मैं घर आने के पश्चात इसे 'अमेज़न' से या फ्लिपकार्ट से मंगवा लूंगी।" कहते हुए शीतल फिर बर्थ के साथ लगी हुई सीढ़ियों की सहायता से ऊपर वाली बर्थ पर जा कर सो गई।

मैं पुस्तक ले कर फिर यहां से उसको पढ़ना छोड़ा था, वहाँ से आगे पढ़ने लगा। इसके पश्चात पुस्तक पढ़ते पढ़ते ही मैं कब निद्रा देवी के आगोश में चला गया कुछ पता ही नहीं चला।

5

(3)

समय अपनी निर्बाध गति से चलता ही रहता है और कब हमें अपने निर्धारित लक्ष्य तक पहुंचा जाता है इसका पता ही नहीं चलता है। यूँ ही बातों बातों में कब हमारी यात्रा समाप्त हो जाए किसे क्या मालूम? इसी प्रकार से हमारी यात्रा भी समाप्त हो चुकी थी। रेलगाड़ी ने हमें हमारे लक्ष्य पर पहुंचा दिया था। अब हमारी मंज़िल आ चुकी थी। हम सब ने भी अपना सामान समेट लिया था और उतरने की तैयारी कर रहे थे। मैंने अपनी पुस्तक 'सपनों की दुनिया' शीतल को ही उपहार स्वरूप दे दी थी। मैंने कहा था कि मैं जम्मू वापस आने पर फिर से मँगवा लूँगा। यह तुम मेरी ओर से एक उपहार ही समझ कर अपने पास रख लो। आग्रह करने पर उसने मेरे इस उपहार को अपने पास रख लिया था।

इसके पश्चात हमने अपने स्टेशन पर उतरते हुए कुछ भारी मन से ही एक दूसरे से विदा ली थी। चाहे दो दिन तथा एक रात का ही हमारा यह सफर था, फिर भी यह हम सब के लिए ही बहुत स्मरणीय था। हम सब एक ही राज्य के तथा एक ही शहर के रहने वाले थे। एक ही प्रकार की सोच। एक ही प्रकार की भाषा तथा मिलता जुलता ही रहन सहन। जब दो व्यक्तियों का कुछ पल का भी साथ रहता है तो दोनों में ही एक प्रकार का एक दूसरे के प्रति खिंचाव स्वयमेव ही हो जाता है। शायद ऐसा ही कुछ हमारे सब के बीच भी था। लेकिन कहते भी हैं न कि जीवन में हम दो कदम भी कभी किसी के साथ चलते हैं तो उसके साथ हमारा एक प्रकार का क्षणिक ही सही पर मोह सा हो ही जाता है। ऐसा ही शायद हमारे बीच

भी स्वाभाविक रूप से ही हो गया था। किन्तु अब नियति के अनुसार हमें एक दूसरे से बिछुड़ना तो था ही। अतः हम फिर शीघ्र ही मिलने की बात कह कर एक दूसरे से विदा लेक अपनी मंजिल की ओर चले गए।

6

(4)

मेरी पूना में ट्रेनिंग समाप्त हो चुकी थी और मैंने जम्मू वापस आकर फिर से अपनी नौकरी भी ज्वाइन कर ली थी। इस बात को लगभग एक माह के करीब व्यतीत हो चुका था। अब दिनचर्या फिर से पूर्व की भांति ही हो चुकी थी। प्रतिदिन नियमानुसार बैंक जाना, निर्धारित कार्य करना और छुट्टी होने पर वापस घर आ जाना। ऐसे ही जीवन की गतिविधि चल रही थी।

कभी कभार ट्रेनिंग के दौरान व्यतीत हुए लम्हे भी स्मरण हो आते थे। बहुत अच्छा समय व्यतीत हुआ था वहां पर। भारत वर्ष के भिन्न भिन्न राज्यों से अफसर वहां पर आए हुए थे। सभी से मेल-मिलाप व परिचय हुआ था। फिर सभी के साथ साथ ट्रेनिंग में सम्मिलित होना और फिर उसके पश्चात अवकाश के क्षणों में इकट्ठा मिलजुल कर समय व्यतीत करना, सभी जीवन में स्मरणीय संस्मरण के रूप में अंकित हो चुका था। रह रह कर उन क्षणों का स्मरण हो आता था। इसके साथ साथ ही रेलगाड़ी की यात्रा में डॉक्टर त्रिपाठी, दूसरे डॉक्टर सूदन तथा डॉक्टर त्रिपाठी के साथ उनकी सत्रह अठारह वर्ष की बेटी, उन सब का भी स्मरण हो आता था। उन सभी के साथ व्यतीत हुए पल भी बहुत ही अविस्मरणीय व दिलकश थे। जो भूलाए भी नहीं भूल सकते थे। मानों यह सब कल की ही बात थी।

यात्रा तो इस से पूर्व भी मैंने कई बार की थी। पूना से वापसी के समय भी मेरे साथ एक स्थानीय महोदय थे। किन्तु चिरस्मरणीय यात्रा

कोई कोई ही होती है। जो मनोमस्तिष्क पर स्थायी रूप से अंकित हो जाती है। उनमें से इस बार ट्रेनिंग के लिए पूना जाते समय डॉक्टर सूदन तथा डॉक्टर त्रिपाठी के साथ की गई यात्रा भी ऐसी ही एक यात्रा थी। बहुत बार इस यात्रा का मुझे स्मरण हो आता था। कितने प्यारे व हसीन लम्हे व्यतीत हुए थे। रह रह कर शीतल का चेहरा मेरी आंखों के सामने लहरा जाता था। उसकी स्वप्निल सी आंखें, प्यारी सी मधुर मुस्कान तथा आकर्षक व सौम्य व्यवहार ! मानों उसने मुझे पूर्णतया सम्मोहित सा ही कर लिया था। सभी कुछ मेरे मनोमस्तिष्क पर अमिट रूप से अंकित हो चुका था।

ऐसा आमतौर पर जीवन में होता ही है। इंसान अपने प्यार भरे रमणीय लम्हों को जीवन भर कभी भी नहीं भूल पाता है। चाहे कितना भी उसे भूल जाना क्यों न चाहे। इंसान की ऐसी ही प्रकृति है।

साथ साथ ही मुझे डॉक्टर सूदन तथा डॉक्टर त्रिपाठी का भी स्मरण हो आता। कितनी हसीन तथा सुहानी यात्रा रही थी उनके साथ। फिर उन्ही के साथ ही तो प्यारी सी शीतल के साथ मेरा परिचय भी हुआ था। वो सभी ही तो मेरी इस अविस्मरणीय यात्रा के पात्र थे। शीतल ! प्यारी सी सुन्दर व आकर्षक लड़की ! जिसने मुझे इतना प्रभावित किया था कि मैं फिर उसे कभी भी जीवन में नहीं भूल पाया।

वैसे मेरे लिए इसी प्रकार से अधिक स्मरणीय व लुभावने पल वो भी थे जो मेरे साधु महात्माओं के सानिध्य में वार्तालाप करते हुए व्यतीत हुए थे। जब मैंने अपनी रूचि अनुसार उनसे कुछ ज्ञान अर्जन भी किया था। जब महेश्वर प्रसाद नौटियाल जी से मेरी लंबी बातचीत हुई थी और इसके साथ साथ ही उनके मुखिया महात्मा श्री गंगा प्रसाद जी द्वारा साधु जीवन के विषय में समझाया जाना व इसके ही अध्यात्मिक जीवन के सत्य से परिचित कराना भी अभी तक वैसे का वैसा ही स्मरण था मुझे। एक शब्द भी मुझे अभी तक विस्मृत नहीं हुआ था।

कितने आश्चर्य की बात है यह। मनुष्य अपने जीवन में क्या क्या सोचता रहता है और प्रकृति का रचयिता ऊपर बैठा कुछ अन्य ही खेल की रचना करता रहता है। ऐसा ही कुछ मेरे साथ भी होने जा रहा था। जिसका मुझे किंचित आभास मात्र भी नहीं था।

उस दिन मैं अपने कार्यालय के मुख्यालय जा रहा था कि मार्ग में जब मैं एक पेट्रोल पंप पर अपनी गाड़ी में पेट्रोल डलवाने के लिए रुका तो अप्रत्याशित रूप से ही मेरी भेंट शीतल से हो गई। हालांकि मेरा ध्यान उस की ओर नहीं था। मैंने तो उसे देखा ही नहीं था। किन्तु शीतल की दृष्टि शायद मुझ पर पड़ गई थी। उस ने देखते ही मुझे पहचान लिया था और अपना हाल हिलाते हुए ज़ोर से मुझे आवाज़ दी- "राज।"

मैंने जब आवाज की ओर देखा तो सामने एक कार को खड़े देखा। जिसके साथ सहारा लिए शीतल खड़ी थी तथा मेरी ओर ओर देखते हुए मुस्कुरा रही थी। उसे एकाएक यूं ही सामने दिखाई कर मुझे बहुत आश्चर्य हो रहा था। मेरे तो स्वप्न में भी ऐसा नहीं था कि सहसा इस प्रकार से भी शीतल से भेंट हो शक्ती है। मैंने भी मुस्कराते हुए उसकी ओर देखा और अपना हाथ हिला दिया। इसके पश्चात मैंने पेट्रोल पंप पर पेट्रोल के पैसे दिए और गाड़ी में बैठ कर गाड़ी को शोतल के पास ला कर खड़ा कर दिया। शीतल अब भी उसी प्रकार से मुस्कुरा रही थी। तभी मैंने देखा की शीतल के साथ ही एक अन्य लड़की भी खड़ी थी। किन्तु मैंने उसकी ओर कोई विशेष ध्यान नहीं दिया।

गाड़ी से बाहर निकलते हुए मैंने भी थोड़ा सा आश्चर्य व्यक्त करते हुए शीतल के पास आ कर कहा-" शीतल ! आप ?"

प्रतिउत्तर में शीतल थोड़ा ओर मुस्कुरा दी पर बोली कुछ नहीं।

"आप कब आई पूना से?" मैं ने उसके कोई भी उत्तर न देने पर एक बार फिर पूछा।

"यूं समझ लीजिये कि जब आप ने देखा।" मुस्कुराते हुए ही उसने उत्तर दिया- "मैं कल ही आई हूँ। उस पर देखो तो यह कैसा संयोग है कि मैं कल ही पूना से आई और आज ही आप से मुलाक़ात भी हो गई।" उसने उसी प्रकार से मुस्कुराते हुए चंचलता से कहा।

"हाँ ! संयोग तो है ही। अब मुझे भी कहाँ इस ओर आना था। सहसा ही मुख्यालय में कुछ काम आ गया, तो मैं भी इस ओर आ गया और फिर वहां पर ही रूक भी गया यहां आपको आना था।" मैंने भी उसी के लहज़े में उत्तर दिया।

"आपका मुख्यालय कहाँ पर है?" शीतल ने पूछा।

"वो जो सामने शीशे की बिल्डिंग दिखाई दे रही है ना, वही है हमारा मुख्यालय। मैंने सामने की ओर उंगली का इशारा करते हुए शीतल को अपना मुख्यालय दिखाते हुए कहा।

"पास ही तो है। चलो पहले घर चलते हैं। डैडी भी आपको देख कर बहुत खुश होंगे। कुछ चाय वगैरह पीएंगे। इसके पश्चात आप अपने मुख्यालय चले जाना।" शीतल ने मानों अनुरोध करते हुए कहा।

"नहीं शीतल आज नहीं। आज मुझे क्षमा कर दो। आज मुझे कुछ आवश्यक कार्य है। फिर किसी दिन। आज मुझे कुछ शीघ्रता भी है।" मैंने शीतल से क्षमा माँगते हुए कहा।

शीतल के साथ उसकी जो सहेली खडी थी। उससे परिचय करवाते हुए शीतल ने कहा- "यह मेरी अभिन्न मित्र है। चांदनी ! जैसा नाम वैसी ही यह स्वयं भी है। चांदनी ! यह हैं मिस्टर राज ! मिस्टर राज भी मेरे एक अच्छे मित्र हैं। इनसे हमारी भेंट पूना जाते हुए रेलगाड़ी में ही एक सहयात्री के रूप में हुई थी। जब मेरे डैडी तथा सूदन अंकल भी साथ में थे। शेष बातें मैं तुम्हे पश्चात में बताऊंगी। आओ अब चलते हैं।"

उस समय शायद शीतल भी कुछ शीघ्रता में थी। उसने मुझ से मेरा मोबाइल नंबर लिया और मुस्कुरा कर हाथ हिलाते हुए विदा ली- "अच्छा राज ! इस समय आप भी कुछ शीघ्रता में हो और हम भी। अब चलते हैं। शीघ्र ही मिलेंगे ! बाय !" इतना कह कर शीतल अपनी गाड़ी में बैठ गई और चली गई। इसके साथ ही मैं भी अपनी गाड़ी की ओर चल दिया।

पीछे मुड कर देखा तो तब तक शीतल वहां से दूर जा चुकी थी। मैं भी कार में बैठ गया और कार स्टार्ट करके आगे बढा दी। कुछ आगे बढते ही मेरा ध्यान एक ओर से आ रही एक साधुओं की टोली पर चला गया। मैं गाड़ी चला रहा था और ध्यान मेरा सामने से आ रही साधुओं की टोली की ओर था। ऐसा शायद मेरी ऐसे अध्यात्म या साधुत्व में रूचि होने के कारण था या फिर स्वाभाविक रूप से भीड़ से हट कर कुछ दिख जाने के कारण था। कह नहीं सकता। कारण चाहे कुछ भी हो किन्तु इस समय मैं उन्हीं को देखते हुए गाड़ी चला रहा था। गाड़ी धीरे धीरे चल रही थी क्यूंकि यह शहर का एक पाश इलाक़ा था और यहां पर मार्ग में भीड़ भाड बहुत अधिक रहती ही थी। इसी कारण से अपने मुख्यालय तक पहुँचने

में मुझे कुछ देर भी हो गई।

7

(5)

ऐसे ही एक दिन की बात है। उस दिन शनिवार का दिन था। मैं अपने कार्यालय में बैठा हुआ कुछ आवश्यक कार्य कर रहा था। सहसा ही मेरे मोबाइल की घंटी बजने लगी। देखा तो शीतल थी। मेरे लिए यह कुछ अप्रत्याशित सा ही था। क्यूंकि मैं शीतल से उस दिन की हुई मुलाक़ात को लगभग भूल ही चुका था।

न जाने क्यों? मैं इसे अकस्मात हुई क्षणिक भेंट ही समझ रहा था। कहाँ शीतल मुझे फ़ोन करेगी? क्यों करेगी? सहसा ही उस दिन पेट्रोल पंप पर मिल गई तो बुला लिया उसने। भूल गई होगी। फिर इस प्रकार आकस्मिक फोन से यहां मुझे आश्चर्य हुआ वहां प्रसन्नता भी हुई।

तभी मेरे भीतर से मुझे किसी ने फुसफुसा कर कहा- "सभी लोग ऐसे भी तो नहीं होते। कुछ लोग ऐसे भी होते हैं जो कभी भी ऐसे लोगों को जीवन भर नहीं भूलते जिन के साथ जीवन में कभी भी वो दो पग भी साथ मिलकर चले हों। शीतल एक बहुत ही अच्छी व समझदार लड़की है। देखा नहीं, उस दिन जब मिली थी तो उसने अपनी सहेली चांदनी को क्या कहा था ! 'मिस्टर राज मेरे एक अच्छे मित्र हैं।'

मोबाइल मेरे हाथ में था और मैं न जाने क्या क्या सोचता चला जा रहा था ! मोबाइल के बजने की घंटी भी बंद हो गई थी। तभी, जैसे ही मुझे अपनी भूल का आभास हुआ, मैंने मोबाइल का की पैड ओपन किया और शीतल को कॉल बैक करने लगा। अभी मैंने कीपैड पर उंगली रखी ही थी कि इतने में फिर से उसकी कॉल आ गई।

जैसे ही मैंने काल रिसीव की, दूसरी ओर से शीतल का उलाहना भरा स्वर सुनाई दिया- "क्या बात है राज ? कुछ अधिक ही व्यस्त हो क्या? फ़ोन ही नहीं उठा रहे थे ? मैं कब से तुम्हें फोन कर रही हूं।" मुझे सहसा ही शीतल का 'आप' से 'तुम' पर आ जाना बहुत ही अच्छा लगा। इस पर ध्यान जाते ही मेरे चेहरे पर मुस्कान तिरोहित हो गई।

दूसरी ओर मैंने देखा कि शीतल स्वयं ही मुझ से प्रश्न भी कर रही थी और स्वयं ही उनका उत्तर भी दे रही थी। मुझे कुछ कहने का अवसर ही नहीं मिला।

"नहीं शीतल ऐसी कोई विशेष बात नहीं है।" न जाने कैसे आज स्वयं ही मेरे मुंह से भी शीतल जी के स्थान पर सीधा शीतल ही निकल गया।

तभी मुझे यह भी ध्यान आया कि शीतल ने भी तो मुझे 'राज' ही कहा था। देखा जाए तो एक प्रकार से हमारे मध्य की औपचारिकता समाप्त ही हो गई थी। सोचते हुए मन में एक प्रकार की विचित्र सी गुदगुदी का सा आभास हुआ। इसके साथ ही मुझे शीतल के साथ अपनी समीपता का भी आभास हुआ।

"क्या हो गया? कहां खो गए हो? कोई उत्तर नहीं दे रहे? क्या बात है?" दूसरी ओर से शीतल बोल रही थी और मैं एक प्रकार से आत्ममुग्ध सा उसकी किसी भी बात का कोई उत्तर ही नहीं दे रहा था।

उसी पल मुझे अपनी भूल का आभास हुआ तो हड़बड़ा कर तुरंत ही मैंने कहा- "नहीं नहीं! ऐसी कोई बात नहीं है शीतल। मैं आपकी बात सुन रहा हूँ।" चाहते हुए भी मैं उसे आपके स्थान पर तुम नहीं कह सका।

"अच्छा सुनो ! यह मेरा नंबर है। इसे सेव कर लेना। हाँ ! एक बात भी कहनी थी तुमसे। कल तुम्हें हमारे घर आना है?"

"आपके घर ! क्यों किस लिए ! सहसा ही उसका इस प्रकार से निमंत्रण पाकर मैं कुछ चौंक सा गया।

बात यह है कि कल मेरा बर्थडे है। शाम को मेरे सभी मित्र भी इकट्ठा हो रहे हैं। तुम्हें भी आना है। फिर उसके पश्चात पार्टी और डिनर भी है। शाम को चार बजे आ जाना-" शीतल ने एक प्रकार से आदेशात्मक स्वर में कहा- "वैसे तो बर्थडे पार्टी हमने 'रेडिसन' होटल में रखी हुई है, तुम तो जानते ही हो न कि होटल 'रेडिसन' कहाँ पर है, लेकिन फिरी तुम हमारे

घर ही आ जाना। मम्मी डैडी भी बहुत खुश होंगे तुम से मिल कर। उस दिन जब मैंने रास्ते में तुमसे भेंट होने की बात डैडी से की थी तो डैडी बहुत प्रसन्न हुए थे। वो तुम्हारी बहुत प्रशंसा कर रहे थे।"

"तुम्हें हमारे घर का पता तो मालूम है न ?" शीतल ने पूछा।

अब मैं उसे कैसे बताता कि जब मैं उसके घर गया ही नहीं तो मुझे उसके घर का पता कैसे मालूम होगा। मैं उससे ऐसा कुछ कहने ही वाला था कि शायद उसने स्वयं ही समझ लिया या उसे अपनी भूल का आभास हो गया होगा- "मैं अपना पता मैसेज कर रही हूँ। यदि नहीं पता चला तो त्रिकुटा नगर पहुँचते ही मुझे फ़ोन कर लेना। मैं किसी को भी भेज दूंगी तुम्हें लेने या स्वयं ही आ जाऊंगी। लेकिन एक बात याद रखना कि तुम्हें आना अवश्य है।" इतना कह कर बिना मेरी ओर से कोई भी उत्तर सुने उसने मोबाइल बंद कर दिया।

मैं ऐसे ही हतप्रभ सा हो कर रह गया। सब कुछ अप्रत्याशित ! अच्छा भी बहुत लग रहा था। शीतल थी भी बहुत ही प्यारी व खूबसूरत लड़की ! उस का अपने बर्थ-डे पर निमंत्रण भला किसे अच्छा नहीं लगता। सच! उस का यूँ अपने बर्थडे पर मुझे निमंत्रण देना मुझे बहुत ही अच्छा लग रहा था। उस पर सब से अच्छा उसका अपनापन लिए हुए आदेशात्मक सा व्यवहार ।

चांदनी

8

(6)

'चांदनी' सच में ही एक बहुत सुलझी हुई व समझदार लड़की थी। अच्छी और प्यारी भी। बहुत सुंदर भी। इस बात को तो मैं तभी समझ सका था, जब उस दिन पहली बार मेरा उससे भली भांति परिचय हुआ और बहुत देर तक हमें साथ साथ बैठने का सुअवसर मिला था। इसी प्रकार कल जब मुझे शीतल का फ़ोन आया था और उसने आदेशात्मक लहज़े में मुझे अपने जन्मदिन पर आने के लिए निमंत्रण दिया था तो उस समय तक मैं चांदनी को इतना ही जानता था जितना कि शीतल ने उससे मेरा परिचय करवाया था या फिर यह कि वह शीतल की एक अच्छी मित्र है।

किन्तु दूसरे दिन जब मैं शीतल के घर गया तो सर्वप्रथम उसने मुझे अपने माता पिता से मिलवाया। हालांकि उसके पिता से तो मेरा परिचय पहले से ही रेलगाड़ी में हो चुका था, किन्तु उसकी माता जी से मेरा परिचय आज ही हुआ था। दोनों ही हंसमुख प्रकृति के तथा बहुत खुले हुए विचारों के थे। जब शीतल ने उन से मेरा परिचय करवाया तो दोनों ही मुझ से मिलकर बहुत प्रसन्न हुए। इसके पश्चात शीतल ने मेरा अपने कुछेक अन्य मित्रों के साथ भी अपना परिचय करवाया, जो कि मेरी तरह से उनके घर पर ही आए हुए थे। फिर एक प्रकार से मुझे बहार को सौंपते हुए शीतल स्वयं अन्य कार्यों में व्यस्त हो गई।

इसके पश्चात मैं और चांदनी इधर उधर की बातें करने लगे। चांदनी बहुत अच्छी लड़की थी। उस पर, मेरे और उसके विचार भी आपस में

बहुत मिलते थे। इसलिए समय व्यतीत होते पता ही नहीं चला। वैसे भी जब समविचार परिचित आपस में मिल जाएँ तो समय व्यतीत होते पता ही कहाँ चलता है। शीघ्र ही छः भी बज गए और होटल 'रेडिसन' चलने की तैयारी भी होने लगी। कुछ ही देर में हम सभी लोग होटल 'रेडिसन' में चले आए। पास ही तो था। कितना ही समय लगना था। सभी के पास अपनी अपनी गाड़ी थी। इसलिए सभी मित्र व अतिथि शीघ्र ही वहां पर पहुंच गए थे।

यहां होटल में बहुत सुन्दर सजावट की हुई थी। वैसे भी यह होटल शहर के बहुत सुन्दर और अच्छे होटलों में से एक है। चांदनी ने मुझे अपने साथ आने के लिए कहा और एक ओर ले जाकर बैठा दिया। फिर स्वयं ही एक ओर जा कर यहां पर शीतल पेय दिया जा रहा था, मेरे और अपने लिए अनार का जूस ले आई। हम दोनों ही साथ साथ बैठ कर अनार का जूस पीने लगे और बातें करने लगे।

अब मेरे शीतल के मित्र होने के कारण या फिर अपने अपने स्वभाव की भी बात होती है, चांदनी मुझ से बिना किसी संकोच के खुल कर बातें कर रही थी। उसने मुझे अपने बारे में बताया कि वह तब विश्वविद्यालय में एम.ए. की पढ़ाई कर रही थी तथा पास में ही त्रिकुटा नगर के सेक्टर एक में ही रहती थी। वैसे तो वो दोनों ही अपने कॉलेज के समय से ही अच्छी मित्र थीं, किन्तु यहां पास ही रहने के कारण भी आमतौर से वो आपस में मिलती ही रहती थी। हाँ ! अब शीतल के आगे की पढ़ाई के लिए पूना चले जाने के कारण उनकी आपस में बहुत दिनों से कोई भेंट नहीं हो सकी थी।

अब शीतल बहुत दिनों के पश्चात जब पूना से घर वापस आई थी तो वो स्वयं ही गाड़ी लेकर चांदनी से मिलने उसके घर चली आई थी। जब उन दोनों की राज से भेंट हुई थी तो शीतल उस समय पहले चांदनी को उसके घर से ही लेकर आ रही थी और उन दोनों का पिक्चर देखने का प्रोग्राम था। किन्तु इससे पूर्व दोनों ही सहेलियों का गांधी नगर एक रेस्त्रां में कुछ खाने पीने का भी प्रोग्राम था। इसलिए कहीं देर न हो जाए वो दोनों ही शीघ्रता में थीं और तुरंत ही मुझ से विदा लेकर वहां से चली गई थीं।

उस दिन चांदनी की और मेरी आपस में बहुत सारी बातें हुई थी। पार्टी बहुत देर तक चली थी। इसी कारण हम बहुत देर तक साथ-साथ ही रहे थे। फिर ऐसा तो होता ही है कि जब कोई साथ में अच्छा मित्र मिल जाए और समय भी हो तो बातें वैसे भी समाप्त होने का नाम ही नहीं लेतीं। ऐसा ही शायद चांदनी और मेरे साथ भी था। चांदनी ने अपने तथा शीतल के सम्बन्ध में मुझ से ढेर सी बातें कीं। अपनी बचपन से चली आ रही मित्रता की व अपने व शीतल के साथ छात्र जीवन की। बातों के मध्य उस ने यहां मुझे बहुत सी बातें बताईं वहीं मैंने भी उसे अपने विषय में बताया कि मैं बैंक में कार्य करता हूँ।

उस दिन का मेरा तथा चांदनी का परिचय सदैव के लिए अविस्मरणीय सा बन गया था। उस दिन हमारी आपस में न जाने कितनी ही बातें हुई थीं। कितनी ही देर तक बातों का एक अविराम सिलसिला चलता रहा था। ठीक उसी प्रकार से जैसे कि हम बहुत समय से पूर्व परिचित रहे हों और पूर्व परिचित जब बहुत देर के पश्चात आपस में एक दूसरे से मिलते हैं तो ढेर सारी बातें करते ही हैं। इस मध्य मुझे यह भी लगा कि बहार एक बहुत ही अच्छी व साफ़ दिल की लड़की थी।

बातों ही बातों में मैंने उसे यह भी बताया कि मैं नागवनी (जम्मू) में रहता हूँ। हमारा छोटा सा परिवार है। पिता जी मुख्याध्यापक हैं और माता जी घर का काम ही देखती हैं। हम दो भाई और एक बहन हैं। मैं घर में सब से बड़ा हूँ। इसके अतिरिक्त उस थोड़े से समय में (मैं इतने समय को थोड़ा ही कहूंगा) हमारा आपस में इतना परिचय हो ही गया था कि हम बातों बातों में ही एक दूसरे के विषय में जाने अनजाने में बहुत कुछ जान गए थे।

बातों बातों में कितना समय व्यतीत हो गया कुछ पता ही नहीं चला। पता तब चला जब केक काटने का समय आ गया और शीतल मुस्कराते हुए हमारे पास आई। मुस्कराते हुए ही उसने कहा- "क्या बात है? लगता है कुछ विशेष ही बातें हो रही हैं? मेरे जन्मदिन पर आये हो। केक वगैरह नहीं काटना है क्या? शेष बातें बाद में कर लेना। पहले आओ चल कर केक काट लें। शीतल की बात सुन कर हम दोनों ही एक तरह से झेंप से गए। वैसे तो ऐसी कोई बात नहीं थी, किन्तु शीतल के कहने का अंदाज़

ही कुछ ऐसा था कि हम से तुरन्त कुछ उत्तर ही नहीं देते बन पड़ा।

हम अपने स्थान से उठे तथा अपना अपना उपहार ले कर शीतल के पास उस स्थान पर आ गए यहां केक काटने का कार्यक्रम था। परिवार के सभी सदस्यों के साथ अन्य मित्र भी वहां खड़े थे। उनमें सम्मिलित हो कर हम दोनों शीतल के पास जा कर खड़े हो गए। शीतल ने मुस्कराते हुए हम दोनों की ओर देखा और फिर आगे बढ़कर केक के ऊपर सजा कर लगाई हुई मोमबत्तियों के पास खड़ी हो गई। मोमबत्तियों को बुझाने के लिए संकेत का इंतजार करने लगी। फिर जैसे ही संकेत मिला उसने एक ही फूंक मार कर एक मोमबत्ती को छोड़कर शेष सभी को बुझा दिया। सभी ने जोर जोर से तालियां बजाते हुए उसे 'हैप्पी बर्थडे टू शीतल' और 'हैप्पी बर्थडे टू यू' कहा।

इसके पश्चात शीतल चाकू लेकर केक काटने के लिए आगे आ गई। शीतल ने एक बार फिर अपनी ही अनूठी अदा से सब की ओर देखा और फिर केक काटने लगी। सभी ने एक बार फिर से तालियां बजाते हुए उसे एक बार फिर से 'हैप्पी बर्थ डे' कहा और अपने साथ लाए हुए उपहार उसको देने लगे।

इसी प्रकार हम सभी मित्रों व परिवार के सभी सदस्यों ने शीतल के बर्थ डे के इस कार्यक्रम को बहुत हर्षोल्लास के साथ मनाया। यह कार्यक्रम लगभग रात के नौ बजे तक चला रहा। इसके पश्चात रात के खाने का भी प्रबंध किया गया था। सभी खाना खाने में व्यस्त हो गए। कुल मिलाकर शीतल के बर्थ डे का यह सारा ही कार्यक्रम बहुत ही आनंदपूर्वक तथा हर्षोल्लास पूर्ण रहा।

जब तक सारा कार्यक्रम समाप्त हुआ तो उस समय रात के ग्यारह बज रहे थे। सभी आमंत्रित मित्र व सम्बन्धी अपने अपने घरों को जाने लगे थे। मैंने और चांदनी ने भी शीतल से जाने की अनुमति मांगी और बाहर आ गए। हालांकि शीतल ने हमें अपने घर रुकने के लिए कहा, किन्तु हम दोनों ने ही उसे धन्यवाद कहा और 'रेडिसन' होटल से बाहर आ गए।

चांदनी मेरे साथ ही थी। इतने समय साथ रहने के पश्चात हम आपस में अच्छी तरह से घुलमिल गए थे। अब हम में औपचारिकता की कोई

बात नहीं रही थी। मैंने स्वयं ही चांदनी को उसके घर छोड़ आने के लिए कहा। जिसके लिए चांदनी ने भी अपनी स्वीकृति दे दी। चांदनी का घर कोई बहुत दूर नहीं था। लगभग दो तीन किलोमीटर होगा। दस पंद्रह मिनट में ही उसको छोड़ कर मैं अपने घर वापस आ गया।

अब यदि स्पष्ट शब्दों में कहूँ तो यह कि मुझे चांदनी का स्वभाव और उसके साथ व्यतीत किये हुए क्षण बहुत ही अच्छे, सुन्दर, लुभावने व अविस्मरणीय लगे। रह रह कर याद आ रहे थे। यहां तक कि सोने पर स्वप्न में भी मुझे शीतल के बर्थडे का कार्यक्रम और शीतल तथा चांदनी ही दिखाई देती रहीं।

9

(7)

दूसरे दिन मुझे फिर शीतल का फोन आया था। मुझ से कुशलक्षेम पूछने के पश्चात हम बहुत देर तक कल हुए बर्थडे के कार्यक्रम के विषय में बातें करते रहे- "कल मेरे ख्याल से चांदनी ने तो तुम्हें बातों में लगाए ही रखा होगा। वैसे भी वो बहुत बातें करती है।" मुस्कराते हुए शीतल ने कहा- "क्या बातें कर रहे थे कल आप दोनों?"

"कोई विशेष नहीं। यूं ही इधर-उधर की। टाइमपास !" मैंने भी शीतल की बात पर मुस्कुराते हुए कहा- "हां ! चांदनी है भी बहुत ही अच्छी लड़की।"

"कितनी अच्छी !" शीतल ने भी मुस्कुराते हुए मुझ से व्यंग्य करते हुए पूछा।"

"बहुत ही अच्छी ! भोली, निष्कपट तथा साफ दिल।" मैंने बिना उस के व्यंग्य को समझे उत्तर दिया !

"हूँ ! मुझे लगता है कि तुम्हें कुछ अधिक ही पसंद आ गई है।" शीतल ने उसी अंदाज़ में फिर कहा। जिसे मैं अब भी नहीं समझ पाया था- "ठीक है ! मैं तुम्हारे साथ हूँ। चांदनी है ही बहुत अच्छी लड़की।"

अब मैं शीतल के इस अन्दाज को पूरी तरह से समझ गया था। इसका आभास होते ही मैं तुरंत ही कुछ झेंप सा गया था। चांदनी मुझे एक मित्र के रूप में अच्छी लड़की लगी थी। इसके अतिरिक्त कुछ नहीं। चांदनी के सम्बन्ध में तो मैंने इस प्रकार से कभी सोचा ही नहीं था।

इसलिए शीतल का मुझसे इस प्रकार से बात करना कुछ विचित्र सा ही लगा- "नहीं नहीं ! शीतल ! ऎसी कोई बात नहीं है। चांदनी एक बहुत ही अच्छी लड़की है। कल हम में दो मित्रों की भांति ही अच्छी बातचीत होती रही। बस इतना ही है। तभी तो मैं कह रहा हूँ कि चांदनी बहुत ही अच्छी तथा साफ़ दिल की लड़की है। हम में कल जितनी भी देर बात हुई, अच्छे मित्रों की तरह ही हुई थी।"

"मैंने कब कुछ कहा ! मैंने भी तो कुछ और नही कहा। मैंने कभी नहीं कहा कि चांदनी एक अच्छी व साफ दिल की लड़की नहीं है। आखिर वो मेरी मित्र है। मैं भी तो उसकी प्रशंसा ही कर रही थी।" शीतल ने भी बहुत भोलेपन से उत्तर दिया।

अभी हम इस प्रकार से इधर उधर की बातें कर ही रहे थे कि बैंक में कुछ ग्राहक आ गए। जिस कारण मैंने शीतल से अनुमति लेते हुए फोन विच्छेद कर दिया और फिर फोन करने के लिए कह कर ग्राहकों के साथ आवश्यक वार्तालाप में लग गया।

समय व्यतीत होता रहा। समय व्यतीत होते वैसे भी उसका कोई पता नहीं चलता। इसके पश्चात कई बार मेरी शीतल से बात हुई, लेकिन फोन पर ही। ऐसे भेंट नहीं हो सकी। हालांकि मेरा मन होता था उस से बार बार मिलने का। उससे बातें करने का। किन्तु चाहते हुए भी मैं उस से मिल नहीं पाया।

वास्तव में शीतल मुझे बहुत ही अच्छी लड़की लगती थी। बहुत ही प्यारी। बहुत ही सुन्दर। किन्तु मैं चाहते हुए भी उस से ऐसा कुछ कहने का साहस नहीं जुटा पा रहा था। सोचता था इस से शीतल कहीं रूठ ही ना जाए। न जाने मेरे बारे में क्या सोचने लगे। चाहता था कि वो सदा मेरी आंखों के सामने ही रहे और मैं सदा उसे निहारता ही रहूं। न जाने क्यों ! शायद इसलिए कि मैं मन ही मन उसे चाहने भी लगा था। किन्तु मेरे ऐसा चाहने पर भी ऐसा कुछ भी हो नही पाता था।

अब तो पिछले माह से जब से मेरी उस से पेट्रोल पंप पर भेंट हुई थी, तब से तो वो हर पल ही मेरे ख्यालों में ही रहने लगी थी। फिर जब उस दिन उसके बर्थडे वाले कार्यक्रम में मैंने उसे देखा था तो तब से तो मैं उसका एक प्रकार से दीवाना ही हो गया था। उसके पश्चात भी जब

जब भी मेरी उससे भेंट होती रही मेरा झुकाव उसकी ओर पहले से भी अधिक बढ़ता ही चला गया था और अब तो मैं एक क्षण के लिए भी उसे अपनी आंखों से ओझल नहीं होने देना चाहता था। बल्कि कभी भी उससे बिछुड़ना नहीं चाहता था। मैं चाहता था कि हर पल वो मेरे पास ही रहे। मेरे सामने ही रहे। लेकिन अब यह सब शायद मेरे अपने वश में भी नहीं था।

इसी प्रकार से समय अपनी निर्बाध गति से बीतता जा रहा था। शीतल को भी छुट्टी पर घर आये हुए दो माह के करीब हो चला था। यूं ही एक दिन फ़ोन पर बातों के मध्य ही उसने मुझे बताया था कि अगले ही सप्ताह उसे वापस पूना चले जाना है। सुन कर मुझे अच्छा तो नहीं लगा था। क्योंकि उसके बर्थडे के पश्चात मेरी उससे एक बार भी भेंट नहीं हो सकी थी और मैं उससे बार बार मिलना भी चाहता था। अब यह मेरा उसके प्रति एक प्रकार का प्यार था या आकर्षण ! कुछ कह नहीं सकता था। किन्तु इस का आभास मुझे कभी नहीं हो सका। हम में बहुत सी इधर उधर की बातें होती रहती थीं किन्तु इस प्रकार का आभास मुझे उसकी बातों से भी कभी नहीं हो सका था कि उसके दिल में मेरे प्रति कुछ है। ना ही मैं ही कभी उससे इस प्रकार की भावना को प्रकट कर सका।

शायद इसे ही प्यार कहते हैं। मैं कुछ कह नहीं सकता था। अभी तो यह एक तरफ़ा प्यार ही था। शीतल ने तो इस प्रकार का आभास कभी भी मुझे नहीं होने दिया था। जब तक वो भी मुझ से अपने प्यार का इज़हार नहीं करती तब तक तो मैं उसे मिलने के लिए नहीं कह सकता था। कुछ प्यार की बातें भी तो नहीं कर सकता था।

इसके साथ ही चांदनी से भी कई बार भेंट हुई। संयोग से भी और स्वयं चाहने पर भी। बहार शीतल की गहरी सहेली तो थी ही। इस कारण से भी मेरा उससे भी बार बार मिलने को मन करता था। कभी इसलिए कि इस बहाने से ही कहीं शीतल से ही भेंट हो जाए तो कभी शीतल के विषय में भी बातें करने को मन करता था। मेरा मन कहता था कि कोई घंटों तक मुझ से शीतल के ही विषय में बातें करते रहे। मैं एक प्रकार से अपने प्यार के इज़हार के लिए चांदनी का सहारा लेना चाहता था।

अब मेरा जीवन कुछ इस प्रकार से भावनामय सा हो गया था कि मैं शीतल से तो मिलना चाहता ही था किन्तु बहार से भी मिलना चाहता था। हालांकि दोनों के साथ मेरे सम्बन्ध मेरे लिए तो बहुत ही स्पष्ट थे। जैसा मैं शीतल के लिए सोचता था वैसा मैं चांदनी के लिए नहीं सोचता था। शीतल मेरी चाहत थी। मेरा प्यार था। मेरा सपना थी। मेरी दुनिया थी। तो चांदनी मेरे लिए एक सच्ची मित्र। जिस प्रकार वो शीतल की एक अच्छी मित्र थी उसी प्रकार वो मेरी भी एक शुभचिंतक व एक मित्र ही बन गई थी।

शीतल के प्रति मेरे हृदय से पनपती हुई भावनाएं चांदनी के प्रति उपजते एहसास से पूर्णतया ही भिन्न थीं। शीतल के साथ मुझे जीवन की उमंगें तथा बहारें दिखाई देती थी तो चांदनी के साथ मुझे एक प्रकार का मैत्री पूर्ण अपनापन। यहां शीतल अभी तक मेरी भावनाओं से पूर्णतया अनभिज्ञ थी, वहीं बहार शीतल के प्रति मेरे प्यार से पूर्णतया परिचित थी।

शीतल एक प्रकार से मेरे लिए एक रंगीन सपना बन कर गई थी तो बहार उसे पूर्ण करने का एक प्रकार का माध्यम। हालांकि यह सब मेरी ही सोच थी। ऐसा मैं ही सोचता था। अब शीतल या चांदनी की मेरे विषय में क्या सोच है उनके ख्वाब क्या हैं इन सब से मैं पूर्णतया अनभिज्ञ ही था।

चांदनी

10

(8)

इसमें कोई संदेह नहीं कि मेरी चांदनी से भी आमतौर पर बहुत बहुत देर तक बातचीत होती रहती थी। कभी फ़ोन काल द्वारा तो कभी चैटिंग के माध्यम से। किन्तु कभी भी हमने इस विषय में कोई बात नहीं की। कभी कभी मुझे आश्चर्य भी होता था कि शीतल तो मेरी पूर्व परिचित थी किन्तु चांदनी के साथ तो मेरा परिचय भी अभी कुछ दिन पहले ही हुआ था और वो भी शीतल के माध्यम से ही। फिर चांदनी मेरे इतने करीब कैसे हो गई है जैसे कि बहुत ही पुरानी मित्र हो मेरी। यहां तक कि हम आपस की समस्याओं के सम्बन्ध में भी विचार विमर्श कर लिया करते थे। यह सब कुछ मुझे अपनी समझ से परे ही लगता था। सब कुछ ईश्वर द्वारा पूर्वनियोजित। किन्तु मैंने कभी भी उससे शीतल के विषय में इस प्रकार की बात या अपने प्यार को प्रकट नहीं किया।

ऐसे ही एक दिन जब मैं और चांदनी फोन पर आपस में चैटिंग कर रहे थे तो यूं ही मैंने उसे अपने घर आने के लिए आमंत्रित कर दिया। अब उसके दिल में मेरे प्रति कितना अपनापन था या कैसी आंतरिक भावना थी, यह तो मैं नहीं कह सकता किन्तु उसने मेरे निमंत्रण देते ही तुरंत ही हां कह दी। कुछ इस अंदाज से कि मैं हतप्रभ सा हो कर रह गया। मुझे कुछ कहते ही नहीं बना कि प्रतिउत्तर में मैं क्या कहूं अथवा क्या नहीं। जैसे ही मैंने उसे कभी अपने घर आने के लिए कहा तो उसने अप्रत्याशित रूप से कह दिया- 'अवश्य ही आऊंगी मेरे राजा ! लेकिन तब जब तुम मेरे घर मुझे लेने आओगे। अपने सर पर सेहरा बांध कर।'

कुछ पल के लिए तो मुझे समझ ही नहीं आया कि मैं उसकी इस बात का उत्तर दूं भी तो क्या दूं। अभी मैं सोच ही रहा था की चांदनी ने किस प्रकार से बिना किसी झिझक के ही इतनी बड़ी बात कह दी है। क्या उसने वास्तव में ही मुझसे कोई ठिठोली की है या गंभीरता से ऐसा कहा है! मैं अभी ऐसा सोच ही रह था कि तभी एक बार फिर से उसकी चैट मोबाइल की स्क्रीन पर उभर आई- 'क्यों ! आओगे न मेरे राजकुमार?'

मेरी काटो तो खून नहीं वाली स्थिति थी। ऐसा तो मैंने कभी स्वप्न में भी नहीं सोचा था। ना ही तो मेरे दिल में कभी भी चांदनी के प्रति ऐसी भावना रही थी तथा ना ही इस प्रकार का मुझे ही कभी उसकी ओर से आभास ही हुआ था। सब कुछ अप्रत्याशित ! विस्मयकारी ! स्तंभित सा कर देने वाला।

"यह क्या कह रही हो चांदनी तुम !" मैंने आश्चर्यचकित होते हुए कहा- "तुम तो जानती ही हो कि मैं तुम्हे अपनी एक अच्छी मित्र ही समझता हूं। बल्कि तुम मेरी एक बहुत ही अच्छी मित्र हो भी।"

'मुझे मालूम है राज ! तुम बहुत ही अच्छे हो ! मेरे एक अच्छे मित्र भी हो। किन्तु इसके साथ ही मैं यह भी जानती हूँ कि मैं तुम से बहुत ही प्यार करने लगी हूँ। क्या ही अच्छा होगा न राज ! कि हमारा यह मैत्रीपूर्ण सम्बन्ध सदैव के लिए ही हमें हमारी शादी से हमें प्यार के एक अटूट बंधन में बांध दे। हम सदा सदा के लिए ही एक दूसरे के समीप आ जाएं और जीवन भर के लिए एक हो जाएं। ऐसा हो जाने से कितना अच्छा होगा न राज !'

इसके साथ ही दूसरे संदेश में उसने लिखा था- 'मुझे पूर्ण विश्वास है राज ! कि तुम भी ऐसा ही चाहते होगे। मैं तुम्हे भी अच्छी तरह से जानती हूं राज। बस ! मैं तुम्हारे मुंह से भी ऐसा ही सुनना चाहती हूं। मैं व्यग्रता से तुम्हारे उत्तर की प्रतीक्षा कर रही हूं।'

'लेकिन मैंने तो तुम्हे सदैव एक अच्छा मित्र ही समझा है बहार ! मैंने तुम्हें कभी भी एक प्रेमिका के रूप में देखा ही नहीं।' मैंने प्रतिउत्तर में वैसा ही लिख दिया जैसी कि मेरी आज तक उसके प्रति भावना रही थी तथा जैसा मैं अब तक उसके प्रति सोचता आया था।

'लेकिन मेरे राजकुमार ! मैं तो सदैव से ही तुम्हें अपना समझती हूँ। मैं तो तुम्हें बहुत प्यार करती हूँ। मैंने तो उसी दिन से तुम्हें अपने मनमंदिर का देवता मान लिया है जिस दिन तुम से शीतल के बर्थ डे पर मेरी तुम से बहुत देर तक बातचीत हुई थी। मैंने उसी दिन सोच लिया था राज ! कि मैं यदि शादी करूंगी तो तुमसे ही करूंगी। फिर मैं अपने राज को इतना प्यार करूँगी कि जितना जीवन में कभी भी किसी ने किसी से किया नहीं होगा।' चांदनी ने कहा।

'मुझे मालूम है चांदनी ! तुम एक बहुत ही अच्छी लड़की हो। तुम्हे एक मित्र के रूप में पाकर मैं अपने आप को बहुत ही भाग्यशाली समझता हूं। मैं भगवान से दुआ करता हूं कि हमारा यह सम्बन्ध जीवन पर्यन्त ऐसा ही बना रहे।'

'मैं भी तो ऐसा ही चाहती हूं राज ! हम जीवन भर के लिए विवाह के रूप में एक अटूट सूत्र में बंध जाएं और हमारी मैत्री भी सदा सदा के लिए बनी रहे।"

'लेकिन चांदनी ! मैं किसी ओर से प्यार करता हूँ। मैं किसी ओर के साथ जीवन के इस सूत्र में बंधना चाहता हूं।' मैंने भी चांदनी से अपने मन की बात कहनी ही उचित समझा।

'मुझे मालूम है राज ! मैं जानती हूं राज ! तुम शीतल को बहुत चाहते हो। बहुत प्यार करते हो।' चांदनी ने मानों ऐसा प्रकट कर के मेरे मन के इस भेद को भी प्रकट कर दिया।

चांदनी के मुंह से सच्चाई को स्पष्ट इस रूप में सुनकर मैं आश्चर्य चकित सा हो कर रह गया। मैं नहीं सोचता था कि जिस सच्चाई को आज तक मैं शीतल के सम्मुख भी कभी प्रकट नहीं कर पाया, उसे चांदनी इस प्रकार सरलता से भांप जाएगी और बिना किसी हिचक के मेरे सम्मुख प्रकट भी कर देगी। चांदनी को आखिर यह सब पता चला भी तो कैसे ! मेरी तो कुछ भी समझ में नहीं आ रहा था। तो क्या शीतल भी इस बात को समझती है? क्या शीतल भी यह सब जानती है? मैं एक प्रकार से सकते में आ गया। समझ ही नहीं आ रहा था कि कहूं भी तो क्या कहूं !

अगले ही क्षण चांदनी का एक नया संदेश मेरी आंखों के सामने उभर आया- 'राज ! क्या तुमने कभी अपना प्यार शीतल के सम्मुख प्रकट

किया है?'

'नहीं !' मैं कभी भी झूठ बोलना पसन्द नहीं करता और ना ही कभी मैंने बोला ही था। लेकिन उस समय ना जाने कैसे सहसा ही मैंने झूठ बोल दिया।

'यही बात है राज ! शायद तुम नहीं जानते, कि शीतल बचपन से ही किसी ओर से प्यार करती है।' चांदनी ने मानों इस बात का रहस्योद्घाटन कर के एक ओर विस्फोट कर दिया था।

'किस से?' मैंने आश्चर्यचकित होकर पूछा।

'हरीश से।' चांदनी ने बिना किसी संकोच के बताया।

'हरीश ! यह हरीश कौन है ?' मैंने आश्चर्य से पूछा।

'शायद तुम ने बर्थ डे वाले दिन इस ओर ध्यान नहीं दिया था कि उस दिन शीतल के साथ साथ जो लड़का था, वही हरीश है। उसी से शीतल बहुत प्यार करती है। उनका यह प्यार बचपन से ही है। बचपन का प्यार। फिर इस बात को शीतल के माता पिता भी जानते हैं और उन दोनों को ही यह सम्बन्ध बहुत पसंद भी है।'

तभी मेरे मस्तिष्क में मानों एक प्रकार का विस्फोट से हुआ। मेरी आँखों के सामने हरीश का चेहरा प्रकट हो गया। बहुत कुछ जाना पहचाना मेरी आँखों के सामने चलचित्र की चलती हुई तस्वीरों की भाँती चित्रित होता चला गया।

उस दिन बर्थडे वाले दिन ही शीतल ने अपनी मित्र मंडली में दूसरे दिन ही पिकनिक पर जाने की भी घोषणा कर दी थी। उसने अपने कुछ मित्रों के साथ मुझे भी इस पिकनिक पर चलने के लिए निमंत्रण दिया था बल्कि यूँ समझे लें कि एक प्रकार का आदेश दिया था। अभी तक उस से इतनी देर के परिचय में बहुत सीमा तक मैं इतना तो समझ ही गया था कि शीतल का निमंत्रण एक प्रकार का आदेश ही होता था। जिसे सरलता से अस्वीकार नहीं किया जा सकता था।

दूसरे दिन शनिवार था और हमें बैंक में छुट्टी ही थी। उसके अगले दिन ऐतवार की भी छुट्टी थी। इसलिए मुझे भी शीतल के इस प्रोग्राम में सम्मिलित होने में किसी भी प्रकार की कोई असुविधा नहीं हुई थी। वैसे भी चांदनी तो साथ में थी ही। हालांकि शीतल की मित्र मंडली के दूसरे

मित्रों के साथ भी मेरा थोड़ा बहुत परिचय हो ही गया था, किन्तु शीतल के कारण चान्दनी से मेरा कुछ अधिक ही अपनत्व सा हो गया था। जिससे मुझे ओर भी अच्छा लग रहा था और प्रसन्नता हो रही थी।

ऐसे ही एक दिन जब मेरी फिर से फ़ोन पर चांदनी से बात आरम्भ हुई थी, तो सहज भाव से ही उसने मुझ से पूछ लिया- "राज ! मेरी कोई बात बुरी तो नहीं लगी न तुम्हें ? सच राज ! मैं तुम्हें बहुत ही चाहती हूँ।"

उत्तर में मेरे कुछ भी न कहने पर उसने कहा- "राज ! मैं जानती हूँ कि तुम शीतल को बहुत चाहते हो, प्यार करते हो, किन्तु उसका तुम्हें मिल पाना कतई संभव नहीं है। जैसा कि मैंने तुम्हें पहले ही बताया था कि उसका हरीश से बचपन का ही प्यार है। वो दोनों ही आपस में बचपन से ही बहुत प्यार करते हैं तथा एक दूसरे को बहुत चाहते हैं।

वास्तव में शीतल बहुत ही चंचल स्वभाव की लड़की है। साफ़ दिल की तथा नेक। सभी से बहुत ही अपने पन से हिलमिल कर बातें करती है। उसका यही स्वभाव ही सभी को अपनी ओर आकर्षित करता है। तुम भी शायद इसी से उसकी ओर आकर्षित हो। किन्तु राज ! वो तो केवल हरीश से ही प्यार करती है।

वैसे भी इस वर्ष शीतल की पढ़ाई भी समाप्त हो जाएगी। फिर शायद अगले ही वर्ष उनकी शादी होने वाली है। ऐसा ही शीतल ने मुझ से एक बार संकेत से ही कहा भी था। मेरी जब भी कभी शीतल से तुम्हारे विषय में बात हुई तो उसने सदैव यह ही कहा कि तुम उस के एक अच्छे मित्र हो। तुम्हें कभी भी उसने एक मित्र से अधिक कुछ नहीं कहा। ना समझा। तुम्हें वो केवल एक अच्छा मित्र ही समझती है।"

चांदनी ने अपनी बात को आगे बढ़ाते हुए फिर मुझ से कहा- "मैं तुम्हारे दिल की बात को भली भाँती समझती हूँ राज! किन्तु मृगमरीचिका की जितनी शीघ्र हो सके इसकी सच्चाई को समझ लेना ही उचित रहता है। मैं इस सच्चाई को जानती हूँ और समझती भी हूँ। इसलिए ही मैं तुम्हें भी बता रही हूँ।"

कुछ क्षण रुका कर चांदनी ने फिर कहना आरम्भ किया- "यदि मेरे बस में होता न राज ! तो मैं हर हाल में आप दोनों को मिला ही देती। तुम दोनों की ही शादी करवा देती। यहां तक कि इसके लिए यदि मुझे

अपनी जान तक भी देनी पडती न, तो भी मैं कभी तुम्हें शीतल से मिलाने से पीछे नहीं हटती। किन्तु ऐसा हो नहीं सकता। फिर जब ऐसा हो ही नहीं सकता तो मैं चाह कर भी इसमें तुम्हारी कोई भी सहायता नहीं कर सकती।"

मेरे कुछ भी उत्तर न देने पर चांदनी ने फिर से कहना आरम्भ किया- "मैं भी तुम्हें बहुत ही चाहती हूँ राज ! अपनी जान से भी ज्यादा। मैं तुम्हारे लिए कुछ भी कर सकती हूँ राज! मैं वादा करती हूं तुम से राज ! कि मैं तुम्हें जीवन में सदैव ही प्रसन्न रखूंगी। जीवन में तुम्हें ढेर बहुत प्यार दूंगी। इतना प्यार दूंगी कि जितना तुम ने कभी सोचा भी नहीं होगा।"

इसमें किसी भी प्रकार का कोई भी संशय नहीं था कि चांदनी भी एक बहुत ही अच्छी लड़की थी और उसका भी सान्निध्य मुझे बहुत ही अच्छा लगता था। किन्तु किसी की अपनी प्रेमिका के प्रति चाहत और अपने एक मित्र के प्रति चाहत में अंतर तो होता ही है। जिस प्रकार से मैं शीतल को चाहता था, उस प्रकार से चांदनी को चाहना तो मेरे लिए संभव ही नहीं लगता था। चांदनी को तो मैं अपने एक प्रिय मित्र की भांति देखता व समझता था। इस लिए इस समय मेरी समझ में नहीं आ रहा था कि मैं उसे दूं भी तो क्या उत्तर दूं? फिर भी मैं किसी भी प्रकार से चांदनी को दो टूक शब्द कह कर रुष्ट नहीं करना चाहता था।

"तुम बहुत ही अच्छी लड़की हो चांदनी ! मेरी एक बहुत ही अच्छी मित्र। मैं तुम्हे भी बहुत चाहता हैं और किसी भी कीमत पर खोना नहीं चाहता। किन्तु क्या करूं? मेरी तो कुछ भी समझ में ही नहीं आता।" न जाने कैसे एक विचित्र सी भावना के वशीभूत हो कर मेरे होठों से स्वयं ही यह सब स्वयं ही निकल गया।

राज ऋषि शर्मा

11

(9)

यह उन्हीं दिनों की बात है जब कि हमारे घर में मेरी शादी के विषय में ही बातें होती रहती थी। मेरे लिए मेरी शादी के कई प्रस्ताव आ रहे थे। किन्तु मैंने किसी भी प्रस्ताव में अपनी रुचि नहीं दिखाई थी। इसका एक कारण तो यह भी था कि आध्यात्मिक मार्ग में अभिरुचि होने के कारण मैं कोई ठोस निर्णय ले पाने में अपने आप को समर्थ नहीं पा रहा था तथा दूसरा कारण शायद यह भी था कि मेरा मन शीतल के प्रति प्यार में सराबोर हो गया था। मैं उसे बहुत ही चाहता था। मैं किसी भी मूल्य पर उसे भी खोना नहीं चाहता था। मैं उससे ही शादी करके अपनी घर गृहस्थी बसाना चाहता था। इस प्रकार से भी तो अपने सामाजिक दायित्व को पूर्ण किया जा सकता है। ऐसा मैं सोचता था।

एक दिन हम सभी घर पर ही थे। रविवार का दिन था। उस दिन कार्यालय में अवकाश ही था। लगभग दस बजे का ही समय होगा उस समय। जब हमारे घर एक अपरिचित दम्पति ने आकर दस्तक दी। उस समय मैं स्नान आदि से निवृत होकर अभी अभी पूजा कर के उठा था। मैंने दस्तक सुन कर जाकर द्वार खोला तो सामने एक अपरिचित दम्पति को खड़ा देखा। मैंने शिष्टाचारवश उन्हें नमस्कार किया तथा उनसे उनका परिचय जानना चाहा। उन्होंने मेरी बात का उत्तर दिए बिना ही मेरे माता-पिता से मिलने की अपनी इच्छा प्रकट की। मैंने सोचा कि माता पिता के परिचित ही होंगे। यह सोचते हुए मैंने उनका स्वागत किया तथा उन्हें भीतर पिता जी के कमरे में ले जाकर उन से मिलवा

दिया।

पिता जी ने भी उन्हें आदरपूर्वक बिठाया और बातें करने लगे। मैं उनके कमरे से बाहर आ गया तथा अपने कमरे में जाकर एक पत्रिका के पृष्ठ पलटने लगा। इस मध्य पिता जी ने माता जी को आवाज देकर चाय लाने के लिए भी बोल दिया था। चाय लाने के पश्चात माता जी भी वहीं उनके साथ ही बैठ गई थी और बातें करने लगी थी। अब वो दोनों मेरे लिए अपरिचित पति पत्नी कौन थे और माता जी तथा पिता जी के साथ उनकी क्या बातें हो रही थीं इसके विषय में न ही तो मुझे कुछ मालूम था तथा स्वाभाविक रूप से यह सोचते हुए कि वो पिता जी के ही कोई पूर्व परिचित होंगे, मेरी भी जानने की कोई उत्सुकता भी नहीं थी।

ऐसे ही जब उन्हें आपस में बातें करते हुए लगभग एक घंटे का समय हो गया तो माता जी ने मुस्कुराते हुए आकर मुझे बताया कि यह लोग तुम्हारे लिए तुम्हारी शादी का प्रस्ताव लेकर आए हैं। हालांकि माता जी को मालूम था कि अभी मेरी शादी करने में कोई भी रुचि नहीं है। फिर भी जैसा कि यह स्वाभाविक ही है कि माता-पिता की इच्छा होती ही है कि वो अपने बच्चों की शीघ्र ही शादी करके अपने दायित्व से मुक्ति पा लें और अभी तो मेरी एक छोटी बहन तथा उससे छोटा एक भाई भी है। इसलिए भी वो चाहती थीं तथा अपनी ओर से प्रयत्नशील भी थीं कि किसी प्रकार मैं शादी के लिए हां कह दूं ताकि वो भी शीघ्र ही अपने दायित्व से मुक्ति पा लें। उस पर इसका एक सबसे बड़ा कारण मेरे आध्यात्मिक विचार तथा आमतौर पर साधु बन जाने की बातें करना भी उनकी चिंता का एक मुख्य कारण था।

अब जब माता जी कमरे से बाहर मुझे बुलाने आई तो मुझे भी औपचारिकता वश ही सही उनके साथ भीतर जाना ही था। किन्तु इस पर सबसे बड़ा झटका तो मुझे तब लगा जब मैं माता जी के साथ भीतर पिता जी के कमरे में गया, वहां वो दोनों पति-पत्नी भी बैठे हुए थे। मैं भी जाकर उनके पास ही बैठ गया। झटका तो जाकर मुझे तब लगा जब मेरा उनसे भी परिचय हुआ। तब मुझे पता चला कि वो दोनों पति-पत्नी मेरे लिए ही नहीं बल्कि मेरे माता पिता के लिए भी आज तक अपरिचित ही थे। वो दोनों चांदनी के मामा तथा मामी थे।

उनका परिचय प्राप्त कर यहां मुझे आश्चर्य हुआ वहीं कुछ प्रसन्नता भी हुई। आश्चर्य उनके सहसा ही अप्रत्याशित रूप से आ जाने से हुआ तथा प्रसन्नता इस बात से कि वो बहार के मामा मामी थे। हालांकि चांदनी से तो इस विषय में कभी मेरी बात ही नहीं हुई थी कि उनके घर में क्या चल रहा है या कभी भी उसके घर से कोई उसकी शादी का प्रस्ताव लेकर सहसा ही हमारे घर भी आ सकता है। मैंने तो उसके प्रेम के अनुमोदन का अभी तक उसे कोई उत्तर भी नहीं दिया था! तो फिर क्या इस प्रकार का रहस्यमय व्यवहार चांदनी ने जानबूझकर मुझे आश्चर्यचकित करने के लिए किया था? इस प्रकार के प्रस्ताव की तो मुझे किसी प्रकार की कतई अपेक्षा तक भी नहीं थी। किन्तु प्रसन्नता का क्या कारण था। मुझे उसके मामा मामी के आ जाने से प्रसन्नता क्यों हुई? यह शायद मैं भी नहीं जानता था?

उस दिन कुछ देर बैठ कर आवश्यक बातचीत कर के चांदनी के मामा मामी तो चले गए थे, किन्तु मेरे लिए एक अनुत्तरित सा प्रश्न छोड कर। आखिर चांदनी ने इस विषय में मुझ से क्यों नहीं कभी भी कोई बात की? मैंने तो उसके ऐसे किसी भी प्रस्ताव का अभी तक कोई स्पष्ट उत्तर तो दिया ही नहीं था। उनके जाते ही मैंने अपनी उत्कंठा को शांत करने के उद्देश्य से चांदनी से फोन मिलाया। उस के फोन उठाने पर तुरंत ही मेरे मन में भी इस विषय में कुछ भी बात न करने का निश्चय कर लिया। मेरे दिल में विचार आया कि क्यों न मैं इस विषय में सर्वप्रथम चांदनी को ही कुछ कहने दूं। देखूं कि वह इस गोपनीयता के विषय में क्या कहती है। अपनी ओर से मुझे जो कुछ भी कहना है उसके पश्चात ही कहूं।

"हेलो ! राज !" अभी मैं कुछ कहूं या न कहूँ की उधेड़बुन में ही था कि इतने में चांदनी का स्वर सुनाई दिया।

"हां ! चांदनी ! कैसी हो?" मैंने भी कुछ ऐसा प्रकट करने का प्रयास किया जैसे कि मुझे कुछ भी मालूम न हो।

"मुझे पता चला है कि आज आप के घर में कोई मेहमान आए हुए थे। कौन थे वो मेहमान ? क्या हमें नहीं बताओगे ?" दूसरी ओर से चांदनी का स्वर सुनाई दिया।

उसके स्वर की चंचलता ने ही मेरे सम्मुख मेरे सम्मुख बहुत कुछ स्पष्ट कर दिया था। किन्तु मैं तो स्पष्ट रूप से सब कुछ उसके मुंह से ही सुनने का इच्छुक था। इसलिए मैं अपनी ओर से कोई भी शीघ्रता नहीं करना चाहता था। फिर भी इस सब के उपरांत भी मुझे उसकी ये शोखी बहुत ही अच्छी व प्रिय लगी।

"हां ! आए थे।" मैंने भी कुछ भी प्रकट किए बिना ही उसी की भांति चंचलता से कहा। न जाने क्यों मेरा भी मन उसी की भांति उसी प्रकार से उत्तर देने को हो रहा था।

"कौन थे? क्या कह रहे थे?" अब उसके स्वर में एक प्रकार का चुलबुलापन व शरारत सी झलकने लगी थी।

कोई बात नहीं। बहार कुछ अधिक ही चालाक बनने का प्रयास कर रही थी। तो मेरा भी मन उससे उसी प्रकार से बात करने को कर रहा था- "कुछ विशेष नहीं। मेरे लिए किसी लडकी से शादी का प्रस्ताव लेकर आए थे।"

"अच्छा ! क्या उत्तर दिया आपके घर वालों ने फिर?" बहार ने फिर से पूर्व की भांति ही कुछ भी बताए बिना ही पूछा।

"क्या उत्तर देना था उन्होंने । उन्होंने भी कह दिया कि जैसी राज की इच्छा होगी । शादी तो आखिर राज ने ही करनी है न !" अब मुझे भी उसे रिझाने में कुछ आनंद आने लगा था।

"फिर राज ने क्या उत्तर दिया?" प्रतिउत्तर में चांदनी ने मुझ से पूछा।

"मैंने जो भी उत्तर दिया, किन्तु इससे पहले तुम मुझे यह बताओ कि तुम ने इस प्रकार से अपने मामा मामी को कैसे हमारे घर भेज दिया और वो भी शादी का प्रस्ताव लेकर ! उस पर वो भी मुझे कुछ भी बताये वगैरह?" अब मैंने भी अपने मन की जिज्ञासा का समाधान कर ही लेने का प्रयास किया- "क्या कोई सरप्राइज देने का विचार आ गया था मन में?"

"नहीं राज ! ऐसी कोई भी बात नहीं थी। वास्तव में मेरी तो कुछ समझ में ही नहीं आया कि सहसा ही यह सब क्यों और कैसे हो गया। मुझे तुम्हें भी कुछ भी बताने का अवसर ही नहीं मिला।"

"क्यों सहसा ही ऐसा क्या हो गया था जो तुम्हें मुझे फ़ोन कर के बताने तक का भी समय नहीं मिल पाया !"

'सब कुछ यूं ही सहसा ही हो गया कि मैं तुम्हें कुछ भी बता नहीं सकी- "वास्तव में हमारे घर में बहुत दिनों से मेरी शादी की बात चल रही थी। कुछ शादी के प्रस्ताव आ भी रहे थे । इसलिए मैंने एक दिन सहसा ही इस विषय में तुमसे बात भी की थी। किन्तु शायद तुमने इसे गंभीरता से नहीं लिया था और कोई भी उत्तर नहीं दिया था।

इसी प्रकार कल रात जब हमारे परिवार के सभी सदस्य इकट्ठे हुए थे। मेरे मामा मामी भी आए हुए थे तो घर वालों ने फिर से इस विषय में बात आरम्भ कर दी। जिस पर मैंने कोई स्पष्ट उत्तर नहीं दिया। तब मेरी मामी ने मुझ से एकांत में चल कर बात की। मेरी मामी से मेरे बहुत ही अच्छे सम्बन्ध हैं। एक सहेली की तरह ही। जब उन्होंने मुझ से मेरी इच्छा के बारे में जानना चाहा तो मैंने उन्हें तुम्हारे बारे में सब कुछ सच सच बता दिया कि मैं दिल की गहराई से तुम्हें बहुत ही चाहती हूँ।

तब मेरी मामी ने विस्तार में मुझ से तुम्हारे बारे में पूछा। जोकि मैंने उन्हें बता दिया। बस ! मुझे इतना ही मालूम है। इस के पश्चात मेरे मामा मामी तथा मेरे घर वालों के मध्य क्या विचार विमर्श हुआ तथा उन्होंने आपस में क्या निर्णय लिया, इसका मुझे भी पता नहीं चल सका। इस विषय में मुझे भी आज सुबह तब ही पता चला जब मामी ने फ़ोन करके मुझे बताया कि वो मेरी शादी का प्रस्ताव लेकर आपके घर जा रहे हैं तो इस सब से मैं कुछ इस प्रकार से घबरा सी गई कि मेरी समझ में ही नहीं आया कि मैं क्या करूँ या क्या न करूं। तब से जाकर अब मुझ में कुछ साहस का संचार हुआ और मैंने तुम्हें फ़ोन किया।"

चांदनी की इस स्पष्टवादिता पर तुरन्त ही मैं कुछ न कह सका, बल्कि सच में कहूं तो आज का सारा घटनाक्रम और उस पर इस समय चांदनी से हुआ यह सारा वार्तालाप मुझे बहुत ही अच्छा भी लग रहा था। न जाने क्यों?

यदि कुछ ओर भी स्पष्टवादिता से कहूं तो मुझे चांदनी अच्छी भी लगती

थी। मेरे दिल के किसी कोने में शायद उसने अपना स्थान भी बना लिया था। किन्तु मैंने उसके प्रति इस प्रकार से कभी भी नहीं सोचा था। मैंने सदैव उसे एक मित्र की भांति ही चाहा, समझा व महसूस किया था। प्रेमिका की तरह कभी भी नहीं। यह अलग बात है कि जब परिस्थितियां इस प्रकार से परिवर्तित होने लगीं तो चांदनी में मुझे एक प्यारी सी प्रेमिका की भी झलक दिखाई देने लगी। फिर भी इस सब के उपरांत भी मेरा दिल अन्तरात्मा की गहराई से चाहता शीतल को ही था। बहार को अभी भी मैं एक मित्र ही समझता था। चाह कर भी मैं उसे अपनी प्रेमिका या महबूबा की दृष्टि से नहीं देख पा रहा था। किन्तु जिस दिन उसने मेरे समक्ष अपने प्यार को प्रकट किया था, तब से लेकर आज तक के घटनाक्रम ने मुझे उसे एक मित्र से अधिक भी सोचने समझने पर विवश कर दिया था। दिल के किसी कोने में चांदनी ने भी अपना स्थान बना लिया था। जैसे शीतल और चांदनी मेरे जीवन में दो चमकते हुए सितारे हों। एक आवाज सी आने लगी थी कि शीतल के पश्चात, चांदनी से अच्छा मेरा और कोई जीवन साथी हो ही नहीं सकता।

12

(10)

"क्यों राज ! मुझसे रुष्ट हो क्या? मुझ से सचमुच में ही कोई भूल हो गई है क्या ? यदि ऐसा है तो मुझे मेरी भूल के लिए क्षमा कर दो। मैं अपने दिल की गहराई से ही उस के लिए तुमसे क्षमा मांगती हूं।" मेरी कुछ देर की खामोशी से चिंतित होते हुए चांदनी ने याचना भरे स्वर में कहा।

"नहीं नहीं चांदनी ! ऐसी कोई बात नहीं है।" मुझे उसकी स्पष्टवादिता और इस प्रकार की क्षमा याचना बहुत ही अच्छी लगी।

"तो फिर कब मिल रहे हो तुम मुझ से? मुझे अभी तुम से बहुत सी बातें करनी हैं।" चांदनी ने मेरी बातों से कुछ उत्साहित होते हुए कहा।

"जब तुम कहो"-मैंने भी उसके उत्साह से प्रोत्साहित होते हुए उत्तर दिया।

"तो फिर ठीक है। आज ही मिलते हैं। कब आ रहे हो मुझसे मिलने ?" चांदनी ने भी मानों उतावलेपन से ही कहा।

"ठीक है। जब तुम कहो। मैं भी तुम से शीघ्र ही मिलना चाहता हूँ। लगभग एक घंटे तक आ रहा हूं। कहां पर मिलोगी ?" मैंने पूछा।

"ऐसा करो तुम, रघुनाथ मंदिर के सामने आ जाओ। ठीक ग्यारह बजे। आज मैं भगवान राम के समक्ष ही तुम से मिलना चाहती हूँ। उन्ही के सम्मुख, उन्हीं के आशीर्वाद से अपने इस जीवन का शुभारंभ करना चाहती हूं।" चांदनी ने प्रसन्न होते हुए कहा।

उसकी इस प्रकार की बातें तथा उसका मिलने का स्थान मुझे बहुत ही अच्छा लगा। श्री रघुनाथ जी का मंदिर अर्थात भगवान का मंदिर ! इसका

एक कारण तो यह भी था कि एक तो वहाँ का शांत सुरम्य व आध्यात्मिक वातावरण मुझे भी बहुत ही प्रिय था तथा दूसरा उस स्थान से सम्बन्धित बचपन की बहुत सारी यादें भी मुझ से जुड़ी हुई थीं। सारा सारा दिन उसके प्रांगण में खेलते रहना। लुक्का छिप्पी का खेल हो, कबड्डी का या फिर फुटबॉल का।

बहुत सारे खेल थे। जब भी समय मिलता, खेलने चले आया करते थे। यहां तक कि रात बहुत देर तक पुजारी के आरती कर लेने के पश्चात गेट बंद कर देने तक के लिए कह देने तक की प्रतीक्षा में वहां बैठे रहना। सब कुछ अभी भी यादों में वैसे का वैसा ही था।

फिर दौड़ते हुए लकड़ी के द्वार को बंद करने के लिए जाना और फिर द्वार बन्द कर के अर्ल (लकड़ी का ही सरका देने वाला कुण्डा) लगा कर प्रसन्नता महसूस करना। जैसे कोई किला जीत लिया हो। मेरे बचपन का एक बहुत बड़ा भाग इसी मंदिर के प्रांगण में ही घूमते खेलते हुए व्यतीत हुआ था। कैसे? यह एक लम्बी कहानी है। फिर कभी। मेरे होठों पर भी एक स्निग्ध सी मुस्कान नृत्य कर गई। मैंने भी मुस्कराते हुए तुरंत ही हाँ कह दी।

उस दिन जब चांदनी से मेरी भेंट हुई तो उसने तो ढेर सारी बातें की ही, मैंने भी उससे बहुत सी बातें की। चांदनी तो वैसे जैसे थी ही इसी की प्रतीक्षा में कि कब उसे समय मिले तो वह मेरे सामने अपने दिल की सारी परतें खोल कर रख दे। उस दिन हम बहुत देर तक साथ-साथ ही रहे। उस दिन हमने ढेर सारी बातें की। दुनिया भर की बातें की।

श्री रघुनाथ जी के मन्दिर का तो चप्पा चप्पा मेरा जाना पहचाना था ही। मैंने चांदनी को भी सारा मंदिर घुमा कर दिखा दिया। इसी मध्य एक एकान्त स्थान पर बैठ कर हम बहुत देर तक इधर उधर की बातें भी करते रहे। किन्तु यह सब आज तक भी मेरी भी समझ में नहीं आ सका कि सहसा ही यह सब क्यों, कैसे और किस प्रकार से हो गया। मुझ में इस प्रकार का परिवर्तन कैसे संभव हो गया। अप्रत्याशित रूप से मेरा उसकी ओर झुकाव सच में ही मेरे लिए भी बहुत ही अप्रत्याशित व विस्मयकारी था। फिर भी अब यह सारा परिवर्तन मुझे बहुत ही अच्छा तथा प्रिय लग रहा था।

इस भेंट के मध्य जब हम दोनों ही एक एकान्त स्थान पर बैठ कर बातें कर रहे थे तो तब चांदनी ने मुझ से कहा था- "राज ! यह प्यार मुहब्बत तो भगवान की ही देन है। पूर्व निर्धारित। सब प्राकृतिक ही है। हमारे हाथ में कुछ भी नहीं है। इसमें किसी का भी कोई भी वश नहीं चलता। किंतु इतना अवश्य ही है कि इस दुनिया में जिस किसी को भी कभी किसी का भी सच्चा व निस्वार्थ प्रेम मिल जाता है, तो वो दुनिया में सबसे अधिक भाग्यशाली होता है।

कुछ क्षण रुक कर चांदनी ने फिर से कहा- "राज ! हम तुम अब तक एक अच्छे मित्र की तरह रहे हैं। भगवान ने चाहा तो हमारी यह मैत्री सम्बन्ध, शीघ्र ही हमारे शादी के अटूट बंधन में परिवर्तित हो जाएगी। किन्तु राज ! मैं इतना अवश्य ही चाहती हूँ कि इस बात का निर्णय तुम कभी भी किसी भी दबाव या भावुकता में आ कर न करो।"

कुछ क्षण रुक कर उसने पुनः कहा- "प्यार तो आत्माओं का एक सुन्दर व आध्यात्मिक मिलन है। यह युग युगांतर से चला आ रहा पूर्वनिर्धारित जन्म जन्म का बंधन है। शायद ऐसा ही होना था। ऐसा ही होना होता है। तभी तो प्रकृति ने हमें इस प्रकार से आपस में मिलाया भी था और जाने अनजाने में एक दूसरे के इतना समीप भी ला दिया।"

" हाँ ! तुम पूर्णतया सही कह रही हो चांदनी ! शायद ऐसा ही है।" मैंने भी उसकी बातों से सहमत हो कर उसकी हां में हां मिलाते हुए कहा।

13

(11)

मुझे याद आ रहा था। पिछली बार जब शीतल अवकाश के दिनों में पूना से घर आई थी और अपनी सहेली चांदनी के साथ मुझे पेट्रोल पंप पर मिली थी। कितना अप्रत्याशित था यह सब ! मैंने तो कभी सपने में भी नहीं सोचा था कि एक बार फिर से हमारी इस प्रकार से भी भेंट हो जाएगी। फिर एक दिन उसने मुझे अपने बर्थ डे पर भी बुलाया था। वह दिन, वह बर्थडे, वह रात। होटल 'रेडिसन'। सब कुछ मुझे धीरे धीरे याद आ रहा था।

उसके पश्चात साथ साथ बिताया हुआ हर पल, हर दिन। सभी चलचित्र की भांति मेरी दृष्टि के समक्ष निकलते जा रहे थे। यह प्यार भरे सुहावने पल भी व्यतीत होते समय की भांति ही अति निष्ठुर होते हैं। इन्हें भूतकाल के आगोश में चले जाने में किंचित भी संकोच या विलंब नहीं होता।

मुझे धीरे धीरे से सब याद आता जा रहा था। किस प्रकार एक दिन मैंने शीतल से कहा था- "शीतल ! आई लव यू !" तो शीतल ने भी मुस्कराते हुए मुझ से भी उसी प्रकार से कहा था- "आई लव यू, टू !"

मन उस की बात सुन कर आत्मविभोर हो गया था। मानों मन मांगी हुई दुआ पूर्ण हो गई हो। मैंने कहा था, मुझे मालूम था शीतल कि तुम भी मुझ से अवश्य ही प्यार करती होगी। मैं तो उसी दिन से तुम्हारा हो गया था शीतल जिस दिन तुम पहली बार मुझे रेलगाड़ी में मिली थी। यह अलग बात है शीतल कि तब मैं तुम्हें अपने दिल की बात बता नहीं पाया

था।

उस समय तो मैं तुम से अपने दिल की बात नहीं कह सका था, किन्तु तभी से पहली नजर में ही तुम मुझे बहुत अच्छी लगी थी। उसी दिन से तुम मेरे दिल में बसी हुई हो।" मैंने अपने दिल की बात उसके समक्ष रखते हुए कहा था।

"तुम बहुत ही खूबसूरत हो शीतल और अच्छी भी !" मैंने मानों अपने आप पर नियंत्रण न रख पाते हुए उससे कहा था।

"तुम भी बहुत अच्छे हो राज !" प्रतिउत्तर में मुस्कुराते हुए शीतल ने भी कहा था- "उस दिन जब तुम रेलगाड़ी में मुझे पहली बार मिले थे और हम में ढेर सारी बातें हुई थीं, तो तुम भी मुझे बहुत ही अच्छे लगे थे। मैंने भी तुम्हें उसी पल से मन ही मन में अपना एक अच्छा मित्र मान लिया था।"

शीतल की स्वीकारोक्ति की बात सुनकर मेरा मन पुलकित हो गया था और मन मयूर नाचने लगा था। इसमें उतर आया प्यार रूपी भंवरा भी मेरी ही भांति आत्मविभोर हो कर गाने लगा था।

कहते भी हैं कि प्यार भरे लम्हों को बीतते देर नहीं लगती। मेरे साथ भी कुछ ऐसा ही हुआ था। शीतल से इस प्यार भरी भेंट को हुए कुछ ही दिन हुए थे कि एक दिन मैंने यूं ही बातों बातों में ही उससे पूछ लिया था कि शीतल क्या तुमने भी इस विषय में अपने घर में कभी बात की है?"

"कौन सी बात?" शीतल ने मानों आश्चर्यचकित होते हुए मेरी ओर देख कर पूछा था।

"यही हमारे प्यार की बात, कि हम दोनों आपस में प्यार करते हैं और शादी करना चाहते हैं।" मैंने भी मुस्कराते हुए कहा था।

यह क्या कह रहे हो राज ! हम एक दूसरे के अच्छे मित्र हैं और एक दूसरे को पसन्द करते हैं। हमें आपस में मिलना अच्छा लगता है। बातें करना अच्छा लगता है। साथ साथ घूमना अच्छा लगता है। इसमें शादी की बात कहां से आ गई ?" शीतल मानों आश्चर्यचकित सी हो गई थी।

"लेकिन शीतल! हम दोनों आपस में प्यार भी तो करते हैं । मैं भी तुमसे बहुत प्यार करता हूं। तुमसे शादी करना चाहता हूं। तुम्हें सदा सदा के लिए अपना बनाना चाहता हूं। कुछ दिन पहले ही मैंने और तुमने इस

बात को स्वीकार भी किया था।" मैंने भावुक होते हुए कहा।

"राज ! तुम मेरे एक बहुत ही अच्छे मित्र हो। मुझे बहुत अच्छे भी लगते हो। तो क्या इसका मतलब यह हुआ कि हमें आपस में शादी कर लेनी चाहिए?" आशा के विपरीत शीतल ने मुझसे प्रश्न करते हुए कहा।

मेरे प्रतिउत्तर में कुछ भी न कहने पर शीतल फिर स्वयं ही कहने लगी- "कितने भोले हो तुम भी राज ! एक दूसरे को पसन्द करना या चाहना भिन्न बात है। इस सब का आशय शादी कर लेना तो नहीं होता न?" शीतल ने मानों मुझे समझाते हुए कहा।

14

(12)

मुझे कुछ भी समझ में नहीं आ रहा था कि पल में ही यह सब क्या से क्या हो गया ! मैं कहूं भी तो क्या कहूं? क्या शीतल मुझसे बेवफाई कर रही है या मैं ही किसी भूल में था कि शीतल भी मुझ से प्यार करती है? किन्तु ऐसा कैसे हो सकता है ! मैंने शीतल से एक बार कहा भी था कि मैं उस से बहुत प्यार करता हूं और उस से पूछा भी था कि क्या तुम भी मुझसे प्यार करती हो ? तब उसने बहुत स्पष्ट शब्दों में कहा था कि हां मैं भी तुमसे बहुत प्यार करती हूं। तो वो सब क्या था? अब यह सब क्या है? क्या वो प्यार नहीं था? एक खेल था मेरे साथ ? क्या वो मेरे साथ खेल खेल रही थी? नहीं नहीं ! मेरी समझ में कुछ भी नहीं आ रहा था।

सोचते सोचते मैं बहुत ही उदास हो गया। मैं सच में ही शीतल को बहुत ही अधिक चाहता था। यहां तक कि सच्चाई का पता चल जाने पर भी कि शीतल मुझे नहीं बल्कि हरीश को चाहती है। मुझे तो वो केवल अपना मित्र ही समझती है। इस पर भी मैं उसकी बातों पर सहज ही मैं विश्वास नहीं कर पा रहा था। लाख कोशिश करने पर भी उसे एक पल के लिए भी मैं नहीं भूल सकता था। मैं उसे बहुत ही चाहता था। अब भाग्य में क्या लिखा है, क्या कहा जा सकता है। होगा तो वही न जो होना है।

दूसरी ओर चांदनी का सच्चा व निस्वार्थ प्रेम ! न ही मैं शीतल को भूल सकता था तथा न ही चांदनी का ही दिल तोड़ सकता था।

चांदनी जो मेरी शीतल के प्रति प्यार की सारी सच्चाई जानते हुए भी मुझे सच्चा, नि-स्वार्थ व अटूट प्रेम करती थी। मुझे अपनी जान से भी

अधिक चाहती थी। वो भी मुझे बहुत ही अच्छी लगती थी।

शीतल अब मुझे एक प्रकार से मृगमरीचिका ही लगने लगी थी। यहां शीतल एक ओर सपना थी तो वहीं दूसरी ओर चांदनी जीवन की एक वास्तविकता।

अब यह मुझ पर ही निर्भर था कि मुझे जीवन भर एक मृगमरीचिका के पीछे ही भागना रहना है या जो यथार्थ मेरे सामने बाहें फैलाये खड़ा है उसी में अपने जीवन को स्वीकार कर लूँ।

समय व्यतीत हो रहा था। मनुष्य तो विधि के समक्ष एक कठपुतली की भांति ही है। इसके अपने हाथ में तो कुछ भी नहीं है। जिस प्रकार से नियंता अपनी कठपुतलियों को जैसे भी यहां पर भी रखना चाहे वैसे रख सकता है। जैसे उन्हें नचाना चाहे वैसे नचा सकता है। वैसे ही हमारे हाथ में भी कुछ भी नहीं है। जैसे जैसे समय व्यतीत होता जा रहा था शीतल मेरे लिए वास्तव में ही एक सपना ही बनती जा रही थी। जबकि उसके विपरीत चांदनी दिन व दिन मेरे समीप आती जा रही थी। यह उसका सच्चा निस्वार्थ प्यार था या मेरे भाग्य का खेल। कुछ नहीं कह सकता।

फिर एक दिन ऐसा भी आ ही गया जैसा कि मेरे और बहार के भाग्य में पूर्व निश्चित था। जैसा कि होना ही था। हमारी सगाई हो गई तथा शीघ्र ही शादी की तिथि भी निश्चित हो गई।

लेखक परिचय

राज ऋषि शर्मा एक जाने माने लेखक, कवि तथा साहित्यकार होने के साथ साथ ही एक अच्छे चित्रकार भी हैं। राज ऋषि शर्मा की अनेक रचनाएँ विभिन्न पत्र पत्रिकाओं तथा संग्रहों में प्रकाशित हो चुकी हैं।इन की प्रमुख प्रकाशित पुस्तकों में 'सपनों की दुनिया' (विश्लेषणात्मक) का नाम लिया जा सकता है, जो स्वप्न विश्लेषण तथा इसके संदर्भ में विस्तृत मनोविज्ञान तथा विज्ञान पर आधारित है। इसके अतिरिक्त इनकी 'सफल जीवन' नाम की प्रेरणात्मक पुस्तक भी विशेष चर्चा में है। जिसमें जीवन में सफलता के विपरीत 'सफल जीवन' पर ध्यान केंद्रित किया गया है। इन की अन्य पुस्तकें हैं, 'स्वप्न विशलेषण' 'सपनों का मायाजाल'(विश्लेषणात्मक) 'बहती धारा नदिया की' का द्विवतीय संस्करण 'पल भर की छाँव (लोक-परलोक पर आधारित रोमांटिक उपन्यास)'अदृश्य लोक' (विश्लेषणात्मक) 'सुहाने पल' (काव्य-संग्रह) 'हर वर्ष पुनर्जन्म' (ई-बुक) एवं 'स्वप्न संसार' (ई-बुक)। अनेक विधाओं में इन की विभिन्न रचनाएँ रेडियो कश्मीर जम्मू द्वारा भी प्रसारित हो चुकी हैं।

राज ऋषि शर्मा १९७५ में 'महक' पत्रिका के संपादक एवं प्रकाशक भी रहे हैं एवं इसके साथ ही १९७७ में 'राजर्षि कल्चर क्लब' का संचालन भी इन की प्रमुख गतिविधियों में सम्मिलित रहा है। इन दिनों लेखन कार्य के साथ साथ 'महकती वाटिका' नामक काव्य संग्रह का श्रृंखलाबद्ध रूप से सम्पादन व प्रकाशन भी कर रहे हैं।

लेखक से संपर्क के लिए: rajrishisharma334@gmail.com

लेखक की अन्य रचनाएँ

1.स्वप्न विश्लेषण (विश्लेषणात्मक)

2.सपनों का मायाजाल (विश्लेषणात्मक)

3.सपनों की दुनिया (विश्लेषणात्मक)

4.सुहाने पल (काव्य संग्रह)

5.सफल जीवन (प्रेरणात्मक)

6.पल भर की छांव (उपन्यास)

7.अदृश्य लोक (विश्लेषणात्मक)

8.जीना इसी का नाम है (प्रेरणात्मक)

9.मैं साधु नहीं (विवेचनात्मक)

10.स्वप्न संसार (डिजिटल)

11.डॉक्टर कसाई (डिजिटल)

12.प्रेमी की पुकार (डिजिटल)

13.चांदनी (डिजिटल)

14.हर वर्ष पुनर्जन्म (डिजिटल)

15.आप स्वयं को बदल सकते हैं (शीघ्र प्रकाश्य)